AF177672

Fara Dabhoiwala, geb. 1969, Historiker, Senior Research Scholar / Lecturer an der Universität Princeton. Im März 2025 erscheint *What Is Free Speech? The History of a Dangerous Idea*. – Der Beitrag erschien unter dem Titel *A Man of Parts and Learning* in der *London Review of Books* vom 21. November 2024.

Gerhard Lauer, geb. 1962, Professor für Buchwissenschaft an der Johannes Gutenberg-Universität Mainz. 2020 erschien *Lesen im digitalen Zeitalter*.
www.gerhardlauer.de

Matthias Hansl, geb. 1983, Lektor. 2021 erschien *Erschöpfte Utopien. Dahrendorf, Habermas und das Ende der »trente glorieuses«*.
matth.hansl@gmail.com

Christian Kühn, geb. 1962, Professor am Institut für Architektur und Entwerfen der TU Wien. 2018 erschien *Operation Goldesel. Texte über Architektur und Stadt 2008–2018*.
c.kuehn@tuwien.ac.at

Christian Wiebe, geb. 1980, Germanist, Wissenschaftlicher Mitarbeiter an der TU Braunschweig. 2022 erschien *Engel Christine Westphalen: Charlotte Corday. Tragödie in fünf Akten*. Mit einem Nachwort hrsg. v. Christian Wiebe; 2024 *Thomas Mann lesen!* (Hrsg. zus. m. Julia Schöll u. Franziska Solana Higuera).

Tobias Adler-Bartels, geb. 1986, Wissenschaftlicher Mitarbeiter am Institut für Politikwissenschaft der Georg-August-Universität Göttingen. 2023 erschien *Politische Grundbegriffe im 21. Jahrhundert* (Mitherausgeber); im Erscheinen ist *Der radikale Konservatismus und die liberale Frage*.
tobias.adler-bartels@uni-goettingen.de

Till Hilmar, geb.1985, Wissenschaftlicher Mitarbeiter am Institut für Soziologie der Universität Wien. 2023 erschien *Deserved. Economic Memories After the Fall of the Iron Curtain*.
till.hilmar@univie.ac.at

Ian Klinke, Humangeograph an der Universität Oxford. 2023 erschien *Life, Earth, Colony: Friedrich Ratzel's Necropolitical Geography*.

Anke Stelling, geb. 1971, freie Schriftstellerin. 2018 erschien der Roman *Schäfchen im Trockenen*, 2020 die Erzählungen *Grundlagenforschung*.
www.ankestelling.de

ZU DIESEM HEFT

Leben wir innerdeutsch in postkolonialen Verhältnissen? Hat der Westen den Osten kolonisiert? Oder ist das, wiewohl immer wieder zu lesen, nicht ein allzu frivoles Konzept? Schließlich hat, wie Tobias Adler-Bartels in seinem Essay zum Thema feststellt, der Osten dem »Beitritt« ja auf demokratischem Weg zugestimmt. Adler-Bartels bleibt denn auch skeptisch: So gewiss Ungleichheiten und Asymmetrien das Verhältnis von Ost und West bis heute grundieren, so sicher bedeute der Begriff der »Kolonisierung« eine Verkürzung auf allzu simple Täter-Opfer-Konstruktionen.

Mit dem lautstarken politischen Rumoren im Osten beschäftigt sich auch Till Hilmar. Mit der Frage, genauer gesagt, wie die Wahlerfolge von der liberalen Demokratie wenig, Putin aber sehr zugeneigten Parteien wie AfD und BSW zu erklären sind. Gerne wird das demokratiefeindliche Ressentiment mit dem Verweis auf ökonomische Benachteiligung und Kränkungen durch westlichen Hochmut erklärt. Ganz so einfach, findet Hilmar, ist es wohl nicht. Zum einen geht es manchen Regionen im Osten wirtschaftlich gut. Zum anderen formiert sich ökonomische Schwäche nicht von allein zu Protest.

Wie eine veränderte Gegenwart auch den Blick auf die Vergangenheit ändern kann, führt Ian Klinke vor Augen. Konkret geht es in seinem Essay um Egon Bahr und dessen lange gefeierte Neue Ostpolitik. Was im Kontext des Kalten Kriegs als »Wandel durch Annäherung« funktionierte, hatte in seiner Fortsetzung als Abhängigkeit vom Handel mit Russland dramatische Folgen. Wodurch dann auch der zynische geopolitische »Realismus«, der Bahrs Denken immer grundierte, sehr viel deutlicher wurde.

CD/EK

Fara Dabhoiwala
Ein vielbegabter Mann

Über das Porträt von Francis Williams

Im Herbst 1928 taucht ein bis dahin unbekanntes Gemälde auf dem Londoner Kunstmarkt auf. Es gehört einem gewissen Major Henry Howard aus Surrey. Er ist fünfundvierzig Jahre alt. Sein Vater ist vor kurzem verstorben und hat ihm ein beträchtliches Vermögen hinterlassen, von dem er einen Großteil veräußert – Immobilien, Grundstücke, Familienerbstücke. Es gibt zu der Zeit Erbschaftssteuern, er hat fünf junge Töchter und eine Ehe im Endstadium. Er braucht Geld.

Howard versteht etwas von Kunst. Er ist ein ernsthafter Kenner und Sammler, ein Experte für Wenzel Hollar, den überaus produktiven böhmischen Kupferstecher aus dem 17. Jahrhundert. Zum Nachlass gehört auch die große Gemäldesammlung der Familie, darunter erstklassige Porträts aus dem 18. Jahrhundert von Thomas Gainsborough, Joshua Reynolds, Arthur Devis, John Opie, Jonathan Richardson und Richard Cosway, um nur einige zu nennen. Das kleine, keinem Künstler zugeschriebene Gemälde, das er 1928 veräußert, spielt nicht in der gleichen Liga. Aber es hat eine faszinierende Vorgeschichte. Ein Großteil des Reichtums von Henry Howards Familie stammt ursprünglich aus den Zuckerrohrplantagen von Jamaika, auf denen versklavte Menschen arbeiteten. Und dieses Porträt gehörte einem berühmten Vorfahren, auf den die Familie sehr stolz ist, einem Pflanzer und Schriftsteller aus dem 18. Jahrhundert namens Edward Long.

Als Howard das Gemälde also zu einem Londoner Händler bringt, erklärt er, dass es seinem Urururgroßvater gehört habe, der Mitte des 18. Jahrhunderts auf Jamaika lebte, dass es in Spanish Town, der Hauptstadt der Kolonie, gemalt worden sei und dass es einen Mann namens Francis Williams zeige, über den Long ein ganzes Kapitel in seiner berühmten *History of Jamaica* (1774) geschrieben habe. Und das ist noch nicht alles, sagt er, sondern Long habe, als er dieses Kapitel schrieb, genau dieses Gemälde vor sich gehabt und sich darauf bezogen.

Der Händler, ein gewisser Jack Spink, freut sich über diese Information und nutzt sie, um das Bild zu bewerben. Er erkennt, dass es sich um ein ungewöhnliches Objekt mit hohem »Assoziationswert« handelt, und ist zuversichtlich, dass es sich schnell und zu einem guten Preis verkaufen lässt, wahrscheinlich in Amerika. Dort mögen sie solche Dinge. Er lässt einige Broschüren drucken und schaltet eine ganzseitige Anzeige in der Zeitschrift *Country Life*. Zuoberst ist ein Foto des Gemäldes zu sehen, darunter ein langer Auszug aus

Longs Kapitel über Francis Williams – die ersten zweieinhalb Seiten davon, in winziger, aber lesbarer Schrift. Das ist die einzige Kontextualisierung, die er gibt. Für die Familie Howard und für Spink erklären Longs Zeilen dieses Bild zur Genüge. Das ist auch dahingehend verständlich, weil so ziemlich alles, was über Francis Williams bekannt ist, aus Longs zehnseitigem Kapitel über ihn stammt. Es ist nach wie vor der einzige uns bekannte detaillierte zeitgenössische Bericht über Williams' Leben, und er wurde von jemandem verfasst, der ihn gekannt hat.

Das Problem besteht bloß darin, dass Long tatsächlich Williams' größter Widersacher war. Sein biografischer Abriss ist eine böswillige Verleumdungskampagne voller Lügen und Halbwahrheiten. Sie zielt keineswegs darauf ab, die Person zu würdigen, Long tut vielmehr alles, um sie zu diskreditieren. In seiner wuchtigen, dreibändigen Geschichte Jamaikas geht es ohnehin gar nicht um die jamaikanische »Geschichte«. Voller Empörung zusammengeschustert nach dem Somerset-Urteil von 1772, das die Zukunft der englischen Sklaverei in Zweifel zog, war das Werk in erster Linie eine Verteidigung der westindischen Sklaverei als »unvermeidliche Notwendigkeit« und ein Versuch, zu beweisen, dass alle »Schwarzen« der »weißen Rasse« von Natur aus unterlegen seien.[1]

Es ist daher nicht frei von Ironie, dass ausgerechnet Edward Long unsere Hauptquelle über Francis Williams ist, der zu seinen Lebzeiten (er starb 1762) der berühmteste schwarze Mensch der Welt gewesen ist, zumindest unter gebildeten, des Englischen mächtigen Herrschaften. Er war reich; er war ein Gentleman; er war ein Gelehrter; er wurde als kluger und gemachter Mann gefeiert. Sein Andenken lebte auch nach seinem Tod weiter. Als Long 1774 zu argumentieren versuchte, dass Schwarze von Natur aus weniger intelligent seien als »Weiße«, musste er davon ausgehen, dass seine Leserschaft von Williams wusste. Wollte er seine rassistische Überlegenheitstheorie plausibel machen, musste er ihn also zu Fall bringen.

Francis Williams wurde in den 1690er Jahren als Sklave auf einer jamaikanischen Plantage geboren. Seine Eltern, John und Dorothy Williams, waren versklavte Afrikaner. Sie erlangten ihre Freiheit, als Francis noch ein kleiner Junge war, und wurden schließlich als erfolgreiche Kaufleute in Spanish Town reich genug, um ihn zur Fortsetzung seiner Schulbildung nach England zu schicken. Wie die meisten wohlhabenden freien Schwarzen in Sklavenhaltergesellschaften kauften und verkauften sie selbst versklavte Men-

---

1   Edward Longs Werk und seine Ansichten werden von Catherine Hall erörtert: *Lucky Valley. Edward Long and the History of Racial Capitalism*. Cambridge University Press 2024.

schen. Als Williams 1724 nach Jamaika zurückkehrte, nachdem er fast zehn Jahre in England gelebt hatte, erbte er ihr Geld, ihre Ländereien – und ihre Sklaven.

Edward Long, der 1734 geboren wurde und erst in den späten 1750er Jahren nach Jamaika kam, gibt in seiner *History* einen wirren Bericht über all dies ab. Er verweist auch beiläufig auf andere Informationen über Williams, die zu jener Zeit weithin bekannt gewesen sein müssen. So erwähnt er beispielsweise, dass Williams kunstvolle Gedichte in lateinischer Sprache verfasst hatte – damals die prestigeträchtigste Form des literarischen Ausdrucks unter gelehrten Herren. In dem Versuch, Williams' Fähigkeiten zu verunglimpfen, druckte Long eines dieser Gedichte ab, eine Reihe von Versen, die an den schottischen Politiker George Haldane gerichtet waren, der 1759 als neuer Gouverneur in Jamaika eingetroffen war. Das Gedicht ist insofern bemerkenswert, als zwar die erste Hälfte Haldane ehrt, die zweite jedoch von Williams selbst handelt und von dem, was er darstellte. Es ist eine Hymne darauf, dass er auf Jamaika geboren und in Großbritannien ausgebildet wurde. Stolz spricht er von seiner schwarzen Muse, seinem schwarzen Mund und seiner schwarzen Haut. Und er führt Argumente gegen rassistische Vorurteile an: »Gott hat allen Menschen die gleiche Art von Seele gegeben [...] die Tugend selbst hat keine Farbe, ebenso wenig wie der Geist; Hautfarbe spielt keine Rolle in einem ehrlichen Verstand, keine in künstlerischem Geschick [...] aufrechte Moral schmückt den schwarzen Mann, und Lust am Lernen und Beredsamkeit seine gelehrte Zunge.« Dies ist heute der einzige von Williams erhaltene Text. Hätte Long nicht versucht, ihn ins Lächerliche zu ziehen, wäre er, wie alle seine anderen Schriften, für immer verloren gegangen.

Am Rande erwähnt Long außerdem, dass Williams in Cambridge studiert habe. Er versucht, ihn als mittelmäßigen Studenten abzutun: »Er war an der Universität von Cambridge, wo er die besten Lehrer hatte und einige Fortschritte in der Mathematik an den Tag legte.« Aber auch hier hält sein Spott etwas fest, was nirgendwo sonst mehr bezeugt ist. Historiker nennen es das Problem des Archivs. Die uns erhaltenen schriftlichen und visuellen Materialien aus der Vergangenheit sind nicht neutral. Sie werden den verschiedenen Menschen und Bevölkerungsgruppen nicht gleichermaßen gerecht. Im Gegenteil, sie schreiben die Ungleichheiten der Vergangenheit fort. Und das ist ein besonderes Problem für die Zeit des transatlantischen Sklavenhandels. Millionen und Abermillionen von Männern, Frauen und Kindern wurden verschleppt, versklavt, systematisch ausgebeutet und ermordet, doch die einzigen noch heute vorhandenen Spuren ihres Lebens wurden von Menschen geschaffen, die sie wie Wegwerfartikel behandelten. Wenn wir über die Versklavten und zum Schweigen Gebrachten sprechen wollen, bleibt uns gar nichts anderes übrig, als uns diesen feindseligen und entmenschlichenden Artefakten zuzuwenden. Aber es ist äußerst problematisches Material.

Im Jahr 1928 schert sich niemand um diese Fragen. Der Auszug aus Longs Text, mit dem das Porträt von Williams beworben und erläutert wird, ist eine rassistische Hetzschrift. Er macht sich über einen schwarzen Mann lustig, der sich anmaßt, sich wie ein Gentleman zu kleiden, sich wie ein Gelehrter zu gebärden oder sich mit Geometrie zu beschäftigen. Der Text spottet, dass »afrikanische« und »Negro«-Gehirne einfach nicht mit abstrakten mathematischen Problemen fertig werden könnten: Der Versuch, solche Dinge zu verstehen, würde sie nur in den Wahnsinn treiben. Als Long diese Behauptungen 1774 aufstellte, galten sie als kontrovers. Er selbst lehnte sich damit gegen die sich ausbreitende Auffassung von der Gleichwertigkeit andershäutiger Menschen auf. Doch 1928, auf dem Zenit des Empire, hatte der sogenannte wissenschaftliche Rassismus in England längst den Sieg davongetragen. Niemand zuckte auch nur mit der Wimper. Die Leute sahen auf diesem Gemälde, was Long sie sehen lassen wollte: eine lächerliche Figur, einen Schwarzen, der vorgibt, ein Intellektueller zu sein.

Die National Portrait Gallery lässt damals vermelden, sie sei an dem Bild nicht interessiert. Das Victoria and Albert Museum, die staatliche Sammlung für dekorative Künste und Design, kauft das Bild – allerdings wegen der fein ausgearbeiteten Darstellung eines Mahagonitisches und eines Stuhls aus dem 18. Jahrhundert. Es wird in der Galerie für Mobiliar aufgehängt, neben Holzarbeiten aus derselben Zeit. Der Kurator, der es erwirbt, Harold Clifford Smith, ist ein Engländer aus der oberen Mittelschicht, wie er im Buche steht: Als Sohn eines Weinhändlers besucht er eine öffentliche Schule, studiert dann in Oxford, hält seinem alten College fürderhin die Treue, schreibt regelmäßig für die Zeitschrift *Country Life*. Während des Ersten Weltkriegs dient er im Nachrichtendienst; im zivilen Leben besitzt er ein großes Haus in Holland Park und ein altes Pfarrhaus in Berkshire. Bei den Gemälden aus dem 18. Jahrhundert, die an seinen eigenen vier Wänden hängen, handelt es sich um wertvolle Hundeporträts von George Stubbs. Clifford Smith datiert die Neuerwerbung auf etwa 1735 und erklärt der Welt, dass es sich eindeutig um eine Verhöhnung des »armen Williams« handele, um ein »merkwürdiges satirisches Porträt«, das ein gescheitertes »Experiment in der Negererziehung« dokumentiere. Doch er ist ganz begeistert über die hervorragende Darstellung von Tisch und Stuhl.

Fast ein Jahrhundert lang beeinflusste diese Interpretation die Art und Weise, wie die Menschen das Bild sahen. Als es in den 1990er Jahren von einer neuen Generation an Wissenschaftlern und Wissenschaftlerinnen

wiederentdeckt wurde, gingen viele namhafte Kommentatoren davon aus, es handele sich tatsächlich um eine Karikatur. »Es ist eindeutig eine Form von Hohn«, schrieb Chinua Achebe 1998, »um ihn in seine Schranken zu weisen«. Zu Beginn des 21. Jahrhunderts legten zwei Wissenschaftler bahnbrechende neue Arbeiten über Francis Williams vor, die endlich Edward Longs problematische Sichtweise erweiterten. Doch keiner von beiden mochte sich auf eine Deutung des Gemäldes festlegen. Vincent Carretta erwog, dass es sich durchaus um eine Satire handeln könne; John Gilmore ließ es im *Oxford Dictionary of National Biography* einfach unerwähnt. Obwohl das V&A das Bild schließlich aus der Galerie für Mobiliar entfernte, wussten auch seine modernen Kuratoren nicht, was sie davon halten sollten. Die ständig wechselnden öffentlichen Beschreibungen des Museums haben immer die Möglichkeit offen gelassen, dass es sich um eine absichtsvolle Verhöhnung handeln könnte.

Abgesehen von der Tatsache, dass sich das Gemälde früher im Besitz von Edward Long befand, stützt sich diese Lesart auf die darstellerische Unvollkommenheit von Williams' Figur: Die Hände sind nur ungenau ausgeführt, die Beine wirken seltsam dünn und disproportional. Aber der Verdacht, dass es sich um eine Karikatur handelt, wird unweigerlich auch durch unser kollektives Wissen um die Jahrhunderte voller rassistischer visueller Polemik geprägt. Laien wie Experten mit ganz unterschiedlichen Hintergründen befürchteten stets instinktiv, dass sich die Darstellung von Williams in eine lange Tradition westlicher Bildgestaltung einreiht, die schwarze Körper zur Belustigung der Weißen verunglimpft. Als das Gemälde 2018 in eine wegweisende brasilianische Ausstellung über afroatlantische Kunst im Laufe der Jahrhunderte aufgenommen wurde, präsentierte man es vorsichtig als »eine europäisierte Travestie [...] mit möglicherweise satirischen Absichten«. Seit den 1990er Jahren gehen einige Kunsthistoriker jedoch davon aus, dass es sich bei dem Gemälde um ein realistisches Porträt handelt, wenn auch von eindeutig kolonialzeitlichem Charakter und entsprechender Qualität. Im vergangenen Jahr brachte der Kunsthistoriker David Bindman, der sich seit dreißig Jahren intensiv mit dem Bild beschäftigt, den Vorschlag auf, dass es sich tatsächlich um ein Selbstporträt handelt, Williams selbst also der Schöpfer des Bildes sein könnte.

Was will uns das Bild sagen, und was legt man als Betrachter hinein? Das Problem des Porträts von Francis Williams zeigt, in welchem Maße die persönliche Identität von beidem abhängt. Auch dreihundert Jahre nach Williams gilt dies für Menschen mit dunklerer Haut in der weißen Welt noch in besonderem Umfang: Wie man sich anderen gegenüber präsentiert und wie man von ihnen wahrgenommen wird, sind oft zwei sehr verschiedene Dinge. Aber der banalere Grund für die bemerkenswert große Bandbreite an Meinungen darüber, ob es sich bei diesem Gemälde um ein ehrliches Porträt oder eine Karikatur handelt, liegt einfach darin, dass uns keinerlei weitere gesicherte Erkenntnisse darüber vorliegen.

Die einzige Gewissheit bei diesem Bild ist, dass es Francis Williams zeigt. Niemand hat jemals herausfinden können, wer es gemalt hat, wann, wo oder warum. Vor zwei Jahren unterzog das V&A auf Betreiben von David Bindman, Catherine Hall, Esther Chadwick und meiner Wenigkeit die Leinwand einer langwierigen, hochmodernen wissenschaftlichen Untersuchung. Leider blieb der Abschlussbericht Antworten auf all diese Fragen schuldig.

Und dann, vor ein paar Monaten, änderte sich alles. Aus einer vagen Vorahnung heraus bat ich das V&A um die ultrahochauflösenden Scans, die von der Oberfläche des Gemäldes angefertigt worden waren. Innerhalb weniger Stunden, nachdem ich diese auf meinem Bildschirm geöffnet hatte, hatte ich etwas völlig Unerwartetes gefunden. Und das wiederum katapultierte mich in die aufregendste Reihe intellektueller Entdeckungen, die ich je gemacht habe.

Das kam natürlich nicht von ungefähr. Als ich mir das Bild vor Jahren zum ersten Mal ansah, stachen mir bereits drei Dinge ins Auge, die anscheinend niemandem sonst aufgefallen waren. Seitdem hatte ich über ihnen gebrütet. Das Problem war nur, dass ich nicht dahinterkam, was sie bedeuteten. Selbst stundenlanges Herumstehen vor dem Bild half nicht weiter. Es befindet sich hinter Glas, ist in keinem guten Zustand, und es ist schwierig, all die komplizierten Details mit bloßem Auge zu entziffern. Alles, was ich hatte, war eine Intuition – bis ich anfing, mir diese hochauflösenden Scans anzusehen.

Im Jahr 1771, neun Jahre nach dem Tod von Francis Williams, tauchte in der Londoner Presse ein winziges Stückchen Information über ihn auf, und zwar in einem Artikel im *Gentleman's Magazine*, einer der meistgelesenen Zeitschriften der damaligen Zeit, sowohl in der Karibik als auch in England. Auf seiner abgelegenen Plantage im Westen von Jamaika schrieb Thomas Thistlewood diese Zeilen über Williams sorgfältig in sein Tagebuch ab. In England muss Edward Long sie bei der Abfassung seines Buches über Jamaika ebenfalls gelesen haben. Drei Jahre später sollte er in seinem Kapitel über Williams die Tatsachen, die da veröffentlicht worden waren, nicht mehr erwähnen – aber es wäre nicht falsch, zu behaupten, sein eigener Bericht sei eine Art Erwiderung auf sie.

Der Artikel im *Gentleman's Magazine* trug den Titel *Strictures on Mr Hume's Character of the Negroes*. Im Jahr 1753, als Williams noch lebte, hatte David Hume eine überarbeitete Fassung eines seiner berühmten Essays *Über nationale Charaktere* veröffentlicht. In einer ausführlichen neuen Fußnote behauptete er, dass »Neger« in jeder Hinsicht »den »Weißen von Natur aus unterlegen« seien. Er behauptete, es habe keinen einzigen schwarzen Menschen gegeben, der sich je in den Künsten oder Wissenschaften hervorgetan hätte, und es werde ihn auch nie geben. Über die Entstehung dieser Tirade ist nichts bekannt, außer dass Hume mit seinem Freund Adam Smith über die von ihm geplanten Textänderungen in Verbindung stand. Vielleicht war es Smith, der auf das offensichtliche Gegenbeispiel des berühmten Francis Williams hinwies. Auf jeden Fall richtet sich der letzte Satz von Humes Fußnote gegen Williams persönlich, der als Sonderling abgetan wird: »In Jamaica spricht man tatsächlich von einem gebildeten und begabten Neger, doch wird er wahrscheinlich für sehr geringe Leistungen bewundert, wie ein Papagei, der einige Worte deutlich spricht.«[2]

Spätere Vertreter eines wissenschaftlichen Rassismus, darunter Long, zitierten Hume stets als große Autorität. Doch andere widersprachen ihm entschieden. Im Jahr 1771 erschien beispielsweise im *Gentleman's Magazine* ein Auszug aus einem neuen Buch des Philosophen und Abolitionisten James Beattie, der Hume kritisierte und Argumente für die gleichen intellektuellen Fähigkeiten aller Ethnien vorbrachte. Beattie selbst erwähnt Williams nicht, aber das *Gentleman's Magazine* fügt am Ende des Auszugs einen kurzen, anonymen Kommentar hinzu, der auf Williams eingeht. Er ist von jemandem verfasst, der Williams als jungen Mann in London gekannt hatte, und hebt seine intellektuellen Fähigkeiten hervor. Es wird erwähnt, dass Williams mit mehreren »Männern der Wissenschaft« befreundet war, dass er an Sitzungen der Royal Society teilnahm, dass er für die Wahl zum Mitglied der Gesellschaft vorgeschlagen worden war und dass er »nur aus einem Grund abgelehnt wurde, der dieses gelehrten Gremiums unwürdig ist, nämlich wegen seiner Hautfarbe«.

Die Ablehnung von Williams durch die Royal Society aus rassischen Gründen erfolgte im Herbst 1716. Und sie schlug hohe Wellen. Noch in den 1720er Jahren war der Skandal in aller Munde. Man erinnerte sich noch in den 1770er Jahren daran. Das ist eine bedeutende Tatsache. Aber das eigentlich Bedeutsame daran ist: Williams' Fähigkeiten waren so beeindruckend, dass man ihn für würdig hielt, zur Wahl aufgestellt zu werden. Und daraus muss geschlossen werden, dass er unter den führenden Mitgliedern der Royal Society ernsthafte Unterstützer hatte.

Das Protokoll der Sitzung, auf der er offiziell vorgeschlagen wurde, scheint dies zu belegen. Eine ungewöhnliche Konstellation von Wissenschaftlern hatte sich versammelt, von denen fast alle in Cambridge studiert oder gelehrt hatten. Vorgeschlagen wurde Williams von Martin Folkes, einem jungen Universalgelehrten, der nur wenige Jahre älter war als Williams selbst und sich besonders in Mathematik und Astronomie auszeichnete. Ebenfalls anwesend waren Folkes' enger Mitarbeiter Robert Smith, ein weiteres junges mathematisches Wunderkind, das gerade auf den Plumian-Lehrstuhl für Astronomie in Cambridge berufen worden war, und ein dritter führender junger Newtonianer aus Cambridge, James Jurin. Sowohl Jurin als auch Smith hatten eine Sondergenehmigung für die Teilnahme an dieser Sitzung erhalten, da sie selbst noch keine Fellows waren.

---

2 David Hume, *Politische und ökonomische Essays*. Hrsg. v. Udo Bermbach. Übersetzt von Susanne Fischer. Hamburg: Meiner 1988.

Und dann waren da noch drei ältere Männer, die bereits als wissenschaftliche Koryphäen gefeiert wurden. Der erste war William Whiston, Isaac Newtons Nachfolger als Professor für Mathematik und Astronomie in Cambridge und einer der wichtigsten Vertreter von Newtons neuen physikalischen Theorien. Der nächste war Edmond Halley, über viele Jahrzehnte hinweg Newtons engster Mitarbeiter und der Herausgeber seines großen, wegweisenden Werks *Philosophiae Naturalis Principia Mathematica* (1687). Halley war ein äußerst vielseitiger Wissenschaftler, dessen fortschrittlichste Arbeiten sich mit Kometen befassten. Und den Vorsitz der Versammlung hatte der Präsident der Royal Society inne, Isaac Newton höchstpersönlich, der kurz zuvor eine zweite, erweiterte Ausgabe der *Principia* veröffentlicht hatte.

Im Jahr 1716 kannte Francis Williams, der damals etwa einundzwanzig oder zweiundzwanzig Jahre alt war, all diese Leute, konnte sich unter ihnen behaupten und wurde von vielen von ihnen geschätzt. Das ist ein Beweis für eine sehr hohe wissenschaftliche Kompetenz.

Was hieß das konkret? Zu Beginn des 18. Jahrhunderts war die Untersuchung physikalischer Objekte und ihres Verhaltens auf der Erde und im Weltall die Spitze der wissenschaftlichen Forschung. Heute heißt das Physik und Astrophysik; Newton und seine Zeitgenossen nannten es Naturphilosophie. Aus verschiedenen Gründen galt die Naturphilosophie als die schwierigste und prestigeträchtigste intellektuelle Disziplin. Zum einen ging es darum, herauszufinden, wie das Universum funktioniert – das war die größte aller Fragen. Zum anderen bedeutete die Durchdringung des Universums, Gottes Gesetze und Handlungen zu verstehen. Für Wissenschaftler wie Newton und Whiston und für gläubige Christen im Allgemeinen waren die geistlichen und theologischen Implikationen der Astronomie von großem Gewicht. Und schließlich genoss die Naturphilosophie ein hohes Ansehen, weil die Mathematik dahinter, insbesondere die astronomischen Berechnungen, überaus kompliziert war.

Im Jahr 1687 stellte Newton in seinen *Principia* eine revolutionäre neue Hypothese auf, die die Physik auf den Kopf stellen sollte – eine einheitliche Theorie von Bewegung und Schwerkraft, der unsichtbaren Kraft, die das ganze Universum beherrscht. Sein Buch war vollständig auf Latein verfasst, der internationalen Sprache der höheren Bildung, und verwendete komplexe mathematische Formeln, die nur einschlägig kompetente Wissenschaftler nachvollziehen konnten. Zu seinen Lebzeiten dürften allenfalls ein paar Dutzend Menschen auf der ganzen Welt dazu im Stande gewesen sein. (Selbst John Locke, einer der ersten Rezensenten, gab zu, nicht zu ihnen zu gehören.) Erst 1708 gelangte ein Exemplar nach Nordamerika; noch bis 1726 sollte es dort überhaupt nur drei Exemplare geben. John Winthrop, der brillante junge

Professor für Mathematik und Naturphilosophie in Harvard, las die *Principia* erst, als er 1738 auf diesen Lehrstuhl berufen wurde. Ein halbes Jahrhundert nach der Veröffentlichung waren nur eine Handvoll Mathematiker aus den Kolonialgebieten ausreichend qualifiziert, um sich mit den schwierigen neuen Rechenarten des Buches auseinanderzusetzen. Wie in England wurde zwar unaufhörlich auf den Text und seinen Autor Bezug genommen, aber Newtons Prinzipien selbst wurden größtenteils nur aus zweiter Hand rezipiert, durch die Arbeit derjenigen, die seine Theorien durch vereinfachte Darstellung verständlich machten.

Der Höhepunkt der *Principia*, das dritte Buch, betrifft die Anwendung der neuen Theorie der Schwerkraft auf die Bewegungen der Planeten und anderer astronomischer Objekte. Und bei den komplexesten mathematischen Beweisen, die Newton vorschlug, ging es um Kometen. Diese geheimnisvollen Objekte standen im Mittelpunkt der Newtonschen Physik: Zwei von ihnen sind für Newton entscheidend gewesen. Der erste war der »große Komet« von 1680. Newton hatte beobachtet, dass die Bahn des Kometen bei seiner Passage an der Sonne vorbei durch eine unsichtbare Kraft gekrümmt wurde. Diese Beobachtung brachte ihn auf seine Theorie der Schwerkraft, und er verewigte sie in den *Principia* mit einer großen Gravur des Kometenbogens. Derselbe Komet bekam auch einen zentralen Platz in dem großen Denkmal, das 1731, einige Jahre nach seinem Tod, für Newton in der Westminster Abbey errichtet wurde.

In der ersten Ausgabe der *Principia* war Newton nicht in der Lage gewesen, Kometen vollständig zu erklären oder sie richtig in seine Theorie der Schwerkraft einzubinden. Es war Halley, der in der Folge eine Reihe von Durchbrüchen erzielte. Auf der Grundlage jahrhundertealter Beobachtungsdaten spekulierte er, dass einige Kometen alle paar Jahrzehnte oder Jahrhunderte wiederkehren könnten, was bedeutete, dass man in so einem Fall messen könnte, welche Auswirkungen die Schwerkraft der von ihnen passierten Planeten auf ihre Bahnen hatte. Dies würde außerdem erklären, warum sich ihre Flugbahnen änderten und wieso sie zu unterschiedlichen Zeitpunkten an der Erde vorbeizogen. 1705 sagte Halley voraus, dass, wenn er Recht behielte, ein Komet, der zuletzt 1682 gesehen worden war, wahrscheinlich um das Jahr 1758 wieder auftauchen würde. Man nannte ihn den »Halleyschen Kometen«.

Vieles blieb räselhaft. Das ganze 18. Jahrhundert hindurch blieb die Berechnung von Kometenbahnen und die Deutung ihrer Rolle im Universum eines der schwierigsten mathematischen und wissenschaftlichen Probleme. Kometen tauchten zufällig auf und waren von der Erde aus nur schwer zu erkennen; sie bewegten sich viele Millionen Kilometer durch den Weltraum,

ihre Flugbahnen schienen keiner Logik zu folgen. Um sie zu verstehen, be-
durfte es großer kollektiver, internationaler wissenschaftlicher Anstrengun-
gen. Das war nur möglich, indem man riesige Datenmengen aus der ganzen
Welt zusammentrug und analysierte. Sklavenforts an der afrikanischen Küste,
die Plantagen amerikanischer und karibischer Kolonisten und Seekonvois auf
dem Weg nach Ostindien lieferten der Royal Society und ihren Pendants auf
dem europäischen Festland nützliche Beobachtungen. Die Erkenntnisse von
europäischen Wissenschaftlern, selbst die harmlosesten und die abstraktes-
ten, verdankten sich stets in hohem Maße der imperialen Macht.

Als Francis Williams 1716 mit Newton, Halley und anderen Kollegen zu-
sammentraf, befanden sie sich inmitten dieses aufregenden wissenschaftlichen Abenteuers. An der Wand des Saals, in dem sie in jenem Herbst ihre Sitzung abhielten, hing eine große, gestochene Illustration, die kurz zuvor von
Whiston und John Senex, dem Londoner Hersteller von Karten und Globen,
angefertigt worden war und auf der alle einundzwanzig bereits untersuchten
Kometen abgebildet waren, zusammen mit detaillierten Notizen über den
Versuch, ihre genauen Bahnen zu bestimmen. Als Newton seine *Principia*
1713 und erneut 1726, kurz vor seinem Tod, überarbeitete, fügte er neue Beobachtungsdaten von vorausgegangenen Kometen hinzu – und Vorhersagen
über die zukünftige Rückkehr von manchen. Er hatte eine brillante Hypothese über die Art und Weise aufgestellt, wie die Schwerkraft selbst auf die
scheinbar chaotischsten kosmischen Objekte einwirkt und somit die steu-
ernde Kraft des Universums darstellt. Aber es war nur eine Theorie. Erst die
Rückkehr des Halleyschen Kometen würde den Beweis liefern.

Mehrere Mitglieder der Royal Society, die anwesend waren, als Williams
zur Wahl vorgeschlagen wurde, ließen sich später mit einer Ausgabe der *Principia* porträtieren, um ihre Nähe zum Autor und zu seinen brillanten neuen
wissenschaftlichen Prinzipien zu demonstrieren. Martin Folkes posierte
mit einem großen Folianten, der wahrscheinlich die *Principia* darstellt, von
Newtons Büste überragt. James Jurin ist bei der Lektüre abgebildet, Edmond
Halley stützt sich auf das Buch. Ein berühmtes spätes Porträt, von dem es
mehrere Ausfertigungen gibt, zeigt Newton in seinem Arbeitszimmer sitzend,
umgeben von allen üblichen Bildkonventionen, die seinen Rang als Gelehrter
symbolisieren – ein Bücherregal voller gewichtiger Bände, ein Tisch und ein
großer Stuhl, ein Himmelsglobus – und, aufgeschlagen vor ihm, die dritte
und letzte Ausgabe der *Principia*.

Eine meiner frühesten Entdeckungen über Francis Williams war, dass er
schon als junger Mann Gemälde gesammelt hatte. Er war nicht nur ein Mann
der Wissenschaft, sondern auch ein Kenner der Kunst. Als Kunstwerk ist sein
eigenes Porträt nicht besonders gelungen. Aber das entspricht dem Stil und

der Qualität der meisten Ölgemälde, die Mitte des 18. Jahrhunderts in der Neuen Welt entstanden. Viel interessanter ist aber die Komposition. Erstens war es zu dieser Zeit sehr ungewöhnlich, einen Gelehrten in seinem Arbeitszimmer stehend und nicht sitzend abzubilden. Eine Ganzkörperdarstellung des Porträtierten war ein Zeichen für Status und Prestige. Die Tatsache, dass es sich in diesem Fall um eine relativ kleine Leinwand handelt, deren Größe normalerweise für eine Büste oder eine Halbfigur verwendet worden wäre, trägt übrigens dazu bei, dass das Gemälde in unseren Augen seltsam aussieht. Zweitens, und das ist eigentlich wichtiger, kenne ich kein anderes Porträt eines Gelehrten aus dem 18. Jahrhundert, das so übervoll ist von komplizierten, ineinandergreifenden Elementen. All diese Kleinigkeiten sind Hinweise auf seine Bedeutung und auf die Tatsache, dass es von einem Mann mit ungewöhnlichem Ehrgeiz und einer klaren Selbstvorstellung verantwortet wurde. Es handelt sich zweifellos um eine Selbstdarstellung von Williams. Er hat die Komposition in Auftrag gegeben, um eine bestimmte Reihe von Botschaften über sich selbst zu vermitteln.

Als ich das Bild vor einigen Jahren zum ersten Mal betrachtete, schaute ich mir natürlich all die Details an, die schon andere kommentiert hatten. Die beiden hochwertigen Globen, ein Erd- und ein Astronomieglobus, sehr wahrscheinlich von Senex, die Federkiele und das Tintenfass, die Schatulle mit den Instrumenten für mathematische Zeichnungen und Berechnungen und das Bücherregal, in dem viele der Buchrücken Beschriftungen tragen. Aber auch drei weitere Dinge stachen mir ins Auge: Das Buch auf dem Tisch wies ein besonderes Detail auf. Der Blick durch das Fenster erschien mir in einer Weise bedeutsam, die bisher nicht beachtet worden war. Und dann waren da noch die Strümpfe von Williams. Die Beine von Männern mit Strümpfen wurden normalerweise ganz glatt gemalt, obwohl ihre Seiden- und Baumwollschnürungen in Wirklichkeit wohl locker fielen und Falten warfen. Aber die von Williams sind seltsam unordentlich, vermutlich so gemalt, wie sie tatsächlich aussahen. Mir fiel kein vergleichbares gemaltes Beispiel ein. Es kam mir wie ein sehr ungewöhnliches malerisches Detail vor. Aber das waren alles nur faszinierende Puzzleteile – bis ich mir die hochauflösenden Scans ansah.

Als Erstes sah ich mir die Titel und Autoren auf den Bücherregalen genauer an. Die Lettern auf den Buchrücken sind inzwischen stark verblasst und nur noch schwer zu entziffern, aber zum Zeitpunkt des Entstehens war intendiert, dass sie deutlich zu lesen waren: Sogar noch im Jahr 1928 waren Wörter zu erkennen, die heute völlig verschwunden sind. Neun Autoren wurden identifiziert: der Renaissance-Architekt Andrea Palladio; Abraham Cowley, der Dichter des 17. Jahrhunderts; Francis Bacon, Robert Boyle und Isaac Newton, die Begründer der modernen Wissenschaft; John Locke, ihr Kollege in der

Philosophie; John Milton, vertreten durch *Paradise Lost*; der Theologe William Sherlock und Paul de Rapin, Autor des Bestsellers *History of England* aus den 1720er Jahren.

Beim Betrachten der Scans konnte ich weitere Zeilen ausmachen: Ursprünglich waren wohl bis zu zwanzig der Buchrücken beschriftet. Und dann veränderte eine Entdeckung mein gesamtes Verständnis des Gemäldes schlagartig. Ich hatte auf einen nicht identifizierten Band mit reich verziertem Einband herangezoomt. Es ist ein großes, dickes Buch: ein erster Anhaltspunkt. Daneben, weitgehend hinter dem Vorhang verborgen, befindet sich etwas, das wie ein zweiter Band desselben Werkes aussieht: Das könnte ein weiterer Anhaltspunkt sein. Die Inschrift auf dem Buchrücken ist nur noch schwer zu entziffern: Das wissenschaftliche Team des V&A Museums liest sie als »COM ... ON / DIAR ...«. Aber nach mehreren Stunden vergeblichen Rätselratens über Autoren und Titel aus dem 18. Jahrhundert, die infrage kämen, bemerkte ich plötzlich, dass es tatsächlich eine winzige dritte Textzeile gab, die ganz unten auf das Etikett gedrängt war. Damit war das Puzzle gelöst, und ich konnte endlich den vollständigen Titel lesen: IOHNSON / DICKTYON / ARY. Es handelt sich um Samuel Johnsons Wörterbuch. Eine voluminöse, sehr teure, sehr prestigeträchtige Publikation. Es ist faszinierend zu wissen, dass Williams dieses Buch wohl besaß – und hier die intellektuelle Verbindung zu Samuel Johnson sucht, dem Gegner der Sklaverei und Beschützer seines ehemals versklavten jamaikanischen Dieners Francis Barber – und damit auch zu Johnsons großem Modernisierungsprojekt für die englische Sprache. Am wichtigsten ist aber, dass Johnsons Wörterbuch in London am 15. April 1755 erschienen ist. Die Tatsache, dass Williams ein Exemplar in seiner Bibliothek auf Jamaika besaß, bedeutet, dass dieses Gemälde nicht um 1735 oder 1740 entstanden sein kann, wie immer angenommen wurde. Stattdessen muss es gegen Ende von Williams' Leben gemalt worden sein – zwischen Mitte 1755, dem frühesten Zeitpunkt, an dem das Wörterbuch Jamaika erreicht haben könnte, und dem Sommer 1762, als er starb.

Nach diesem Durchbruch fügten sich weitere Dinge zusammen. Erstens ergab sich aus der Umdatierung, wer das Bild gemalt haben muss. Der einzige Ölmaler, von dem bekannt ist, dass er in diesen Jahren in Jamaika tätig war, war ein angloamerikanischer Künstler namens William Williams, damals Anfang dreißig. Dieser Williams, Sohn eines einfachen Seemanns, war 1727 in Bristol geboren worden. Er hatte schon immer gerne gezeichnet. Als Jugendlicher zur See geschickt, verließ er seine Schiffsbesatzung in Virginia und trieb sich einige Jahre auf den Westindischen Inseln und in Mittelamerika herum, wo er zweitweise auch unter Indigenen lebte, ihre Sprache lernte und sich als Maler für die örtlichen Kolonialherren anbot. Schließlich landete er um

1747 in Philadelphia, wo er für ein Theater arbeitete und Bühnenbilder und Kulissen malte, in einer Werft Schiffe lackierte, Schilder malte und beschriftete, Musik unterrichtete, Gedichte schrieb und das verfasste, was heute als der erste amerikanische Roman gilt. Obwohl er ein reiner Autodidakt war, malte er auch Landschaften und Porträts, er sammelte Stiche, er benutzte eine Camera obscura als Zeichenhilfe, las über das Leben der großen Künstler und wollte selbst einer werden. Er war der früheste Lehrer des jungen Benjamin West, der später die Nachfolge von Joshua Reynolds als Präsident der Royal Academy antreten sollte und in den 1770er Jahren seinem alten Mentor ein Denkmal setzte, indem er dessen Konterfei in einem seiner monumentalen Historiengemälde platzierte.

William Williams führte eine Liste aller von ihm geschaffenen Gemälde. Das Original hat sich nicht erhalten, aber im 19. Jahrhundert schrieb jemand eine Zusammenfassung auf. Im Frühjahr 1760 reiste Williams von Philadelphia nach Jamaika, um dort seine Dienste als Künstler feilzubieten. In seiner Liste ist vermerkt, dass er während seiner Monate in Jamaika 54 Bilder gemalt habe. Keines dieser Bilder wurde je gefunden. Ich bin überzeugt, dass das Porträt von Francis Williams eines davon ist.

Es gibt sogar eine wissenschaftlichen Untersuchung, die dies beweisen könnte, denn vor kurzem wurde entdeckt, dass William Williams seine Leinwände mit einer für ihn charakteristischen und sehr ungewöhnlichen dreifachen Grundierungsschicht vorbereitet hat. Ich bearbeite momentan das V&A, diese Untersuchung so bald wie möglich durchzuführen. Bis auf Weiteres gründet sich meine Gewissheit auf stilistische Merkmale. Williams' spätere Gemälde werden immer großformatiger und sicherer im Umgang mit menschlichen Figuren, obwohl er die Körperproportionen nie ganz gemeistert hat: Seine Menschen blieben immer etwas rumpflastig. Auf zwei Ganzkörperporträts, die er 1766 in Philadelphia schuf, ist die Darstellung der Hände und Körper der Porträtierten bereits sicherer als in dem sechs Jahre zuvor entstandenen Francis-Williams-Porträt. Aber es gibt deutliche Ähnlichkeiten in der Komposition, und wahrscheinlich war William Williams zwischen 1750 und 1760 immer noch auf der Suche nach seinem Weg als kompetenter Maler der menschlichen Gestalt.

Das legen auch die beiden einzigen zeitlich noch früheren Porträts nahe, die ihm sicher zugeschrieben werden. Das erste, 1755 angefertigte und heute verschollene Porträt zeigt den berühmtesten Indianer der englischsprachigen Welt, den Mohawk-Häuptling Theyanoguin (auch bekannt unter seinem Taufnamen Hendrick), der stolz europäische Kleidung trägt. Wir wissen, wie dieses Bild aussah, denn kurz darauf wurde ein Stich davon angefertigt. Dies gilt auch für das zweite Bild, das Williams für Benjamin Franklin in

Philadelphia malte, wahrscheinlich 1758, kurz bevor er nach Jamaika reiste. Dieses Gemälde, von dem zwei Versionen überlebt haben, war ein kleines, ganzfiguriges Porträt des radikalen Quäkers und Abolitionisten Benjamin Lay. Es ist bemerkenswert, dass die ersten drei bekannten Gemälde von William Williams einen mächtigen amerikanischen Indigenen, einen freimütigen Abolitionisten und – wenn ich richtig liege – einen schwarzen jamaikanischen Intellektuellen darstellen.[3]

Bemerkenswert ist auch, dass sein zu Lebzeiten unveröffentlicht gebliebener Roman *The Journal of Penrose* die Sklaverei anprangerte, die Ebenbürtigkeit von »Negroes« und Weißen pries und indigene, afrikanische, schwarze und kreolische Charaktere auftreten lässt, wie den alten Flüchtling Quammino, der seiner langjährigen und brutalen Versklavung auf den Westindischen Inseln entkommen war. Doch als ich seine Bilder zum ersten Mal sah, wusste ich nichts von alledem. Was mir stattdessen bei den Porträts von Benjamin Lay und Francis Williams sofort auffiel, war die große Ähnlichkeit im Umgang mit den Beinen und Füßen der Porträtierten – und mit ihren Strümpfen. In beiden Fällen werden diese auf dieselbe ungekünstelte, aber unverwechselbare Weise dargestellt: mit sorgfältig gezeichneten Bändern, die um ein Paar spindeldürre Beine gewickelt sind.

Was macht es nun für einen Unterschied, ob dieses Gemälde aus dem Jahr 1760 stammt oder zwei oder drei Jahrzehnte älter ist? Einen ziemlich großen. Es bedeutet, dass wir hier einen Francis Williams vor uns haben, der von David Humes giftigem, rassistischem Angriff auf ihn im Jahr 1753 weiß. Williams muss sich dieses intellektuellen Angriffs bewusst gewesen sein: Er hätte nicht öffentlicher sein können. Das Porträt ist eine Erwiderung auf diese Attacke. Es zeigt, dass der Porträtierte in vielen Bereichen talentiert und erfolgreich ist – ein Mann von Format und Gelehrsamkeit. Gemalt nur wenige Monate nach seinem Gedicht an George Haldane, in dem er wortgewaltig über die Ehre der Schwarzen und den schwarzen Geist spricht, stammt es also aus der Zeit, in der Williams die Bekanntschaft mit Edward Long machte und mit ihm verkehrte, dem neu angekommenen jungen englischen Pflanzer, der auf Jamaika sein Glück suchte.

Außerdem zeigt das Gemälde Francis Williams, selbst Pflanzer und Sklavenhalter, zur Zeit von Tacky's Revolt, dem großen Aufstand von Tausenden von Sklaven, der Jamaika 1760 erschütterte. Dieses Bild wurde gemalt, als auf der Insel das Kriegsrecht herrschte und die Pflanzer und ihre Verbündeten,

---

3   Erfreulicherweise haben auch die Kunsthistorikerinnen Susan Rather und Marie Stéphanie Delamaire kürzlich unabhängig voneinander die These ins Spiel gebracht, dass Francis Williams' Porträt von William Williams stammen könnte.

die freien schwarzen *Maroons*, versuchten, den größten Sklavenaufstand nie-
derzuschlagen, den das britische Empire je gesehen hatte. Davon ist auf dem
Gemälde nichts zu sehen. Keine anderen Gestalten stören die Komposition.
Auch hinter dem Fenster ist alles ruhig. Doch das Wissen um diesen blutigen
Kontext erinnert uns daran, was in dieser Ansicht, wie in jedem vergleich-
baren Gemälde des 18. Jahrhunderts, alles ausgelassen wird – die »dunkle
Seite der Landschaft«, wie John Barrell es treffend formuliert.

Und schließlich handelt es sich um Francis Williams gegen Ende seines
Lebens, in seinen späten Sechzigern. Es wurde immer angenommen, dass er
zu diesem Zeitpunkt in eine missliche Lage geraten war und in einem ange-
mieteten Haus in Spanish Town mit nur wenigen Besitztümern leben musste.
Doch das Porträt widerspricht dem: 1760 war er offenbar reich, zufrieden,
ungebeugt und auf der Höhe seiner geistigen Kräfte. Die Neudatierung des
Gemäldes verändert unser Verständnis seiner Lebensbahn und seiner Karriere
völlig. Als er in den 1720er Jahren nach Jamaika zurückkehrte, hatte Williams
von seinem Vater ein großes Landgut namens Frog Hall geerbt. An der Stelle,
an der Williams' Haus gestanden haben muss und an der dieses Porträt mit
ziemlicher Sicherheit gemalt wurde, steht auch heute noch ein Wohnhaus. Es
befindet sich auf einem hohen Bergrücken nordwestlich von Spanish Town
und bietet einen unverbauten Blick in den Himmel und auf das weite Land.
Von Frog Hall aus kann man bis zum Meer sehen. Spanish Town ist in der Ferne deutlich zu erkennen. Die Gebäude hinter dem Fenster auf dem Gemälde
stellen sicherlich die Hauptstadt dar, in ihrer damaligen Gestalt.

Worum geht es in dem Bild? Es zeigt Francis Williams, den Gelehrten von
Jamaika, in seinem Arbeitszimmer. Die Gegenstände um ihn herum und die
Titel der Bücher in den Regalen zeugen von der enormen Bandbreite seiner
Interessen und seiner Gelehrsamkeit – Englisch, Latein, Geschichte, Medizin,
Architektur, Poesie, Theologie, Philosophie, Geografie, Astronomie. Wäre
das Gemälde nichts weiter als ein realistisches Porträt eines schwarzen Gelehrten des 18. Jahrhunderts in seinem Arbeitszimmer, wäre das schon außergewöhnlich genug. Es ist das früheste Bild dieser Art in der westlichen Kunst,
die erste Selbstdarstellung eines schwarzen Menschen als Intellektueller.

Aber in Wirklichkeit ist es noch viel mehr als das. Es ist eine sehr detaillierte
Botschaft von Francis Williams, die seine ersten Betrachter sofort erkannt
haben müssen. Sie lautet nicht nur: »Das bin ich!«, sondern auch: »Seht her!
Dies ist geschehen, und das habe ich getan!« Dieses Gemälde erinnert an ein
Ereignis, das für Williams von großer Bedeutung war – und nicht nur für
ihn, sondern für die gesamte Welt der Aufklärung im 18. Jahrhundert. Der
Schlüssel zum Verständnis dieses Ereignisses ist das Buch, das vor ihm auf
dem Tisch liegt. Es ist sehr sorgfältig mit drei Hinweisen versehen. Erstens ist

es mit *Newton's Philosophy* überschrieben. Zweitens: Williams' linke Hand ruht auf einem komplizierten Diagramm. Und schließlich, und das ist mir beim Betrachten des Bildes ganz am Anfang schon ins Auge gesprungen, hat das Buch eine sorgfältig eingeschriebene Seitenzahl. Es ist aufgeschlagen auf Seite 521. Der Maler hat sich einige künstlerische Freiheiten herausgenommen, um dem Betrachter zu verdeutlichen, worum es sich bei diesem Text handelt. Aber die Seitenzahl räumt jeden Zweifel aus. Bei dem Buch handelt es sich um Newtons *Principia* – die dritte und letzte Ausgabe, der einzige Newtonsche Text, der eine Seite 521 überhaupt besitzt.

Diese Seite befindet sich fast am Schluss des Buches, auf den das gesamte Werk zuläuft. Das gilt auch für das Diagramm, das einem konkreten Bild am Anfang dieses Abschnitts ähnelt (Newtons Satz 41, Probleme 21 und 22). Diese Passagen betreffen das schwierigste mathematische und astronomische Problem von allen (»exceedingly difficult«, äußerst schwierig, warnt der Text), nämlich den höchsten Beweis für Newtons Theorie der Schwerkraft und ihr Wirken im Universum. Es geht um die Art und Weise, wie man die Bahn eines periodisch wiederkehrenden Kometen berechnen kann – falls, wenn Newton und Halley mit ihrer Theorie Recht behielten, ein solches Ereignis eintreten sollte. Es gibt noch einen weiteren visuellen Wink auf dem Gemälde. Prominent genau über dem Buch baumelt eine goldene Kordel mit Quasten herab, die in einem sehr ungewöhnlichen Knoten gewunden ist. Er ähnelt einer Illustration der Kometenbahnen um die Sonne.

Der Grund, warum Francis Williams unsere Aufmerksamkeit auf diesen Abschnitt der dritten Ausgabe der *Principia* lenkt, wäre, so vermute ich, jedem wissenschaftlich gebildeten Intellektuellen des 18. Jahrhunderts sonnenklar gewesen. Für den Gelehrten Ezra Stiles zum Beispiel, der 1727 in Neuengland geboren wurde, mit Benjamin Franklin, John Winthrop und anderen bedeutenden Denkern der Kolonialzeit befreundet war und schließlich Präsident der Yale University wurde, hätte es absolut Sinn ergeben. In den 1740er Jahren war Stiles Student in Yale gewesen, wo, wie in Oxford, Cambridge und Harvard, Astronomie ein wichtiges Universitätsfach war. Dabei ging es um die Berechnung künftiger astronomischer Ereignisse, einschließlich der Flugbahnen von Kometen. Stiles war nicht sehr gut in dieser Art von Mathematik: Er spielte nie in Williams' Liga. Aber für den Rest seines Lebens blieben er und seine Freunde der Astronomie im Allgemeinen und den Kometen im Besonderen verfallen. 1751 sandte er sogar einen Brief über den Atlantik an den älteren Whiston und bat ihn um seine Einschätzung zur berechneten Rückkehr des Halleyschen Kometen. Für Stiles, wie auch für Newton, Halley und Whiston und wahrscheinlich auch für Williams, waren Kometen nicht nur wissenschaftlich, sondern auch theologisch interessant.

Woraus sie bestanden und wie genau sie sich verhielten, war geheimnisvoll, aber bedeutsam und Teil von Gottes Vorsehung für die Menschheit. Viele Wissenschaftler glaubten zum Beispiel, dass einige Kometen die Sintflut und andere extreme und ungewöhnliche klimatische Ereignisse verursacht haben müssen, die in der Bibel beschrieben werden, und dass andere Kometen sich schließlich in Planeten verwandelten.

Dass wir all das über Stiles wissen und seine Ansichten rekonstruieren können, hat mit der bereits angesprochenen Unausgewogenheit von Archiven zu tun. Viele seiner Unterlagen sind erhalten geblieben, weil er einer langlebigen Familiendynastie entstammte, ein öffentliches Amt bekleidete, Direktor einer Universität wurde und nicht auf einer hurrikangefährdeten westindischen Insel lebte – vor allem aber, weil er ein mächtiger weißer Mann war. Das Gegenteil gilt für das überlieferte Archiv von Francis Williams, wie für jede nichtweiße Person, die in den rassifizierten europäischen Sklavengesellschaften dieser Epoche lebte.

Auch Stiles ließ sich porträtieren, und zwar im Jahr 1771, als er während seiner Zeit als Geistlicher weiße und schwarze Christen betreute. In seinem Tagebuch erklärt er, dass nicht seine körperliche Erscheinung, sondern die verschiedenen symbolischen Details, die um ihn herum abgebildet waren, zeigten, wer er wirklich war: »Diese Embleme beschreiben eher meinen Geist als die Merkmale meines Gesichts.« Er entwarf sein eigenes Bildnis und wies den Maler an, was er zeichnen sollte. Welches ist das erste Buch in den Regalen hinter Stiles? Newtons *Principia*. Und was ist das merkwürdige Emblem auf der Säule neben ihm? »Dieses steht für das Newtonsche System«, erklärt er: Die lange elliptische Form ist die Flugbahn eines Kometen.

In Ezra Stiles’ Kindheit und frühem Erwachsenenalter, in den 1730er, 1740er und 1750er Jahren, wuchs auf beiden Seiten des Atlantiks die Aufregung über die Rückkehr des Halleyschen Kometen, und zwar nicht nur unter Wissenschaftlern, sondern auch in der breiten Öffentlichkeit. Als der Komet schließlich Ende 1758 und über die erste Hälfte des Jahres 1759 gesichtet wurde, löste er unter Wissenschaftlern auf der ganzen Welt großen Enthusiasmus und fieberhafte Aktivitäten aus. Für die Öffentlichkeit war der Komet hingegen ein eher enttäuschender Anblick, selbst durch ein Teleskop betrachtet. Der große Pariser Astronom Charles Messier beschrieb ihn als »ein sehr schwaches Licht, das sich gleichmäßig um den […] Kern herum ausbreitet«. Manchmal war sein Schweif sichtbar, manchmal nicht. Manchmal scheint er wie eine sehr kleine leuchtende Wolke ausgesehen zu haben oder nur wie eine verschwommene Form am Himmel. Aber wir wissen es nicht wirklich, denn es wurden keine Bilder gemalt oder gestochen, die sein tatsächliches Aussehen festhielten. Beobachter auf der ganzen Welt dokumentierten den Durchzug der Wolke hingegen in numerischen Berechnungen, zeichneten Linien auf Karten ein und beschrieben den Kometen in Worten.

Auf dem amerikanischen Doppelkontinent scheint nur John Winthrop in Harvard sachkundig genug gewesen zu sein, um den Halleyschen Kometen nicht nur systematisch beobachten, sondern auch seine Flugbahn über den Himmel berechnen und verstehen zu können. Stiles füllte Seite um Seite mit Beobachtungen, Berechnungen und Diagrammen, aber sein Verständnis der zugrunde liegenden Prinzipien war weit weniger solide. Weiter südlich, über der Karibik, war der Komet mehrere Wochen lang deutlich zu erkennen. Als er sich der Erde näherte, war er ab dem frühen Abend mit bloßem Auge zu sehen. Auf Barbados beobachtete der Kolonist Thomas Stevenson den Kometen und schrieb an den Astronomer Royal, Direktor des Greenwich-Observatoriums in London, die Theorie von Halley und Newton sei offensichtlich falsch. (Dem war nicht so.) Im Westen von Jamaika notierte Thomas Thistlewood zweimal den Durchgang der Erscheinung in seinem Tagebuch, allerdings ohne nähere Details. In der Nähe der Black River Bay an der Südküste zeichnete der Arzt und Naturforscher Patrick Browne die Position des Kometen am Himmel über mehrere Tage hinweg sorgfältig auf und schickte seine Daten an eine Zeitung in London, ohne jedoch verstanden zu haben, warum die Position sich veränderte und was das bedeutete. Während Erde und Komet auf ihren unterschiedlichen Bahnen durch den Weltraum rasten, erreichte der Halleysche Komet in den Stunden zwischen dem 25. und 27. April 1759 sein Perigäum, seine größte Annäherung an die Erde. In der Abenddämmerung des letzten Tages stand er tief am Himmel über Spanish Town, in einer Linie mit zwei wichtigen Sternbildern, die unter ihm zu sehen waren: den Sternen des Zentaur und dem Kreuz des Südens.

Zu diesem Zeitpunkt waren Newton, Halley und Whiston längst gestorben. Ebenso wie Martin Folkes, der, als beide junge Männer gewesen waren, Francis Williams für die Aufnahme in die Royal Society vorgeschlagen hatte, deren Präsident er 1741 werden sollte. Es waren nicht mehr viele Menschen am Leben, die vor Jahrzehnten mit diesen großen Koryphäen die bahnbrechende Mathematik von Kometenbahnen erforscht und diskutiert hatten. Mit ziemlicher Sicherheit niemand außerhalb Europas.

Außer Francis Williams. Schauen Sie sich auf seinem Porträt noch einmal das Fenster hinter ihm an. Durch die Fensteröffnung sehen Sie Palmen, einen Fluss und strohgedeckte Kolonialgebäude. Das Licht, das durch das Fenster fällt, ist hell – Williams' Beine und die Möbel werfen Schatten. Dies ist der letzte Hinweis, der mir schon beim ersten Betrachten des Bildes ins Auge sprang, obwohl ich dann noch Jahre brauchte, um seine genaue Bedeutung zu erfassen: Es ist nicht Tag. Das helle Licht kommt nicht direkt von der Sonne. Der

obere Teil des Himmels ist pechschwarz. Am fernen Firmament sind winzige
gelbe Punkte aus Sternenlicht zu sehen. Es ist Nacht. Genauer gesagt, es ist
Abenddämmerung – eine ausgezeichnete Zeit, um den Halleyschen Kometen
während seines Vorbeizugs an Jamaika und seiner größten Annäherung an
die Erde gegen Ende April 1759 zu beobachten. In der Mitte des Himmels ist
eine merkwürdige Anordnung von dunkel gefärbten Asterisken in einer grob
ovalen Formation zu sehen. Sie soll auffallen: Auf den frühesten Fotografien
des Bildes, die vor einem Jahrhundert aufgenommen wurden, ist sie noch
deutlicher zu erkennen als heute. Es sieht aus wie ein Muster aus Sternen.
Auf diese Weise berechneten die Astronomen tatsächlich die Flugbahn von
Kometen: Sie maßen ihr Verhältnis zu bestimmten Sternenkonstellationen.
Auf Seite 521 der *Principia* geht es darum, die wechselnde geografische Breite
und Länge eines periodisch wiederkehrenden Kometen anhand der ihn umge-
benden Fixsterne zu bestimmen. Sie ist Teil von Problem 22, dem ultimativen,
unglaublich herausfordernden Rätsel von Beobachtung und Mathematik
der *Principia*: Wie lässt sich die Berechnung der parabolischen Bahn eines
Kometen hinsichtlich der Bewegung der Erde korrigieren, indem man den
Unterschied in der Ebene zwischen der eigenen Planetenbahn und der des
vorbeiziehenden Kometen berücksichtigt? Es ist eine weitere Verfeinerung
des bereits »äußerst schwierigen« Problems Nummer 21. In diesem letzten
Fall, so Newton, muss man zunächst »durch sehr genaue Beobachtungen«
die genaue Position des Kometen an seinem Perigäum bestimmen.

Unmittelbar über dieser Sternenkonstellation in der Atmosphäre befindet
sich ein kleiner, pelziger, weißer Fleck. Man könnte ihn leicht übersehen. Seit
einem Jahrhundert hat ihm niemand mehr Beachtung geschenkt. Aber vor
mehr als zweihundertfünfzig Jahren wurde er absichtlich an genau dieser Stelle platziert. Das lässt sich auf den Infrarot-Scans des Bildes erkennen. Als William Williams für die Planung der Komposition seine ersten Bleistiftstriche
auf dieser Leinwand anbrachte, zog er sorgfältig eine Reihe von Linien, um
festzusetzen, wo dieses weiße Objekt am Himmel hingehört – und um dessen
Beziehung zu den Sternbildern zu markieren, die er darunter malen sollte.
Darauf legte der Porträtierte anscheinend Wert, ebenso wie auf jedes andere
sorgfältig platzierte Detail in seinem Bildnis.

Das Porträt von Francis Williams ist das einzige uns überlieferte Gemälde,
das von dem Halleyschen Kometen im Jahr 1759 angefertigt wurde, als dieser
zum ersten Mal wiederkehrte. An dieses Ereignis soll das Bild erinnern. Es
war ein Ereignis von enormer Bedeutung für Williams – und für jeden anderen Intellektuellen in der Welt der Aufklärung. Es markierte den Triumph
der Newtonschen Wissenschaft, einer neuen, rationalen wissenschaftlichen
und religiösen Sichtweise. Ein Triumph der britischen Wissenschaftler. Ein

Triumph der Gelehrten aus Cambridge. An all diese sich überschneidenden, aufgeklärten Welten vermittelt Williams' Gemälde eine stolze visuelle Botschaft: Ich, Francis Williams, freier schwarzer Mann und Gelehrter, geboren auf Jamaika und ausgebildet in Großbritannien, war Zeuge der Wiederkehr des Halleyschen Kometen – und ich berechnete seine genaue Flugbahn nach den Regeln der dritten Ausgabe von Isaac Newtons *Principia*.

Auf dem Tisch liegen, in Tinte getaucht, die mathematischen Instrumente, die ihm dabei halfen; hinter ihm steht der Komet. Es ist ein Werk von atemberaubender intellektueller Gelassenheit und Selbstverständlichkeit.

Edward Long war sich der Bedeutung dieses Bildes mit Sicherheit bewusst. Er hielt sich 1759 und 1760 auf Jamaika auf. Er wird den Halleyschen Kometen gesehen und von dem Besuch des Malers William Williams im darauffolgenden Jahr gewusst haben. Genau zu dieser Zeit unterhielt er auch Kontakt zu Francis Williams. Long war ein gut vernetzter und einflussreicher junger Mann: ein Richter, ein Abgeordneter, ein erfolgreicher Autor, der Schwager des Gouverneursleutnants. Aber im Jahr 1760 war Williams älter und möglicherweise reicher als Long. Gebildeter. Klüger. Stolz auf seine Lebensleistung. Vielleicht zeigte er sich herablassend gegenüber Long, der nie eine Universität besucht oder anspruchsvolle Mathematik betrieben hatte. Und so verzerrte und verschwieg Long nach dem Tod von Williams und seiner eigenen Rückkehr nach England im Jahr 1768 die Tatsachen, entzog das Gemälde den Blicken der Öffentlichkeit und trug stattdessen dazu bei, das bösartige Märchen in die Welt zu setzen, Afrikaner und Schwarze seien im Allgemeinen intellektuell rückständig, vor allem in Bezug auf die Wissenschaft. Das wurde zu einem furchtbar mächtigen Mythos, mit dessen Erbe wir noch immer ringen. Soweit ich weiß, hat die Royal Society bis ins Jahr 2023 keinen Menschen mit dunkler Haut zum Fellow gewählt.

Dieses Bild beweist das Gegenteil. Es zeigt einen schwarzen Menschen, geboren als Sohn versklavter afrikanischer Eltern, der sich schon als Jugendlicher mathematisch genug hervorgetan hatte, um die komplizierteste, avantgardistischste Wissenschaft der Welt zu verstehen. Als junger Mann verkehrte er als Wissenschaftler mit den genialen Schöpfern der neuen, newtonschen Prinzipien der Aufklärung. Am Ende seines Lebens, im Alter von fast siebzig Jahren, feierte er, dass diese sich als richtig erwiesen hatten, und stellte sich in eine Reihe mit dieser großen Errungenschaft – der größten Revolution in der Wissenschaft vor dem 20. Jahrhundert. Es ist ein Wunder, dass dieses Gemälde überlebt hat. Alles an ihm ist außergewöhnlich. Aber das gilt auch für den Mann, der es in Auftrag gegeben, entworfen und der Nachwelt hinterlassen hat.

Aus dem Englischen von Birthe Mühlhoff

Gerhard Lauer
Die neue literarische Öffentlichkeit

Zum Stand eines Strukturwandels

Die Frankfurter Buchmesse hat 2024 die mehr als 8000 Quadratmeter Aus-
stellungsfläche umfassende Eingangshalle 1.2 für eine Literatur reserviert, von
der selbst in der Buchbranche viele bislang nicht so genau wussten, was das ist:
Young Adult, New Adult, Romantasy, Sport Romance, Dark College. Die
Verlage heißen hier Drachenmond und Sternensand, Wondaversum, Feder-
herz oder Bücherbüchse, die Einbände sind gern in Gold, Blau oder Rosa
gehalten, die Autorinnen sind jung und waren bis vor kurzem unbekannt,
wie Sarah Sprinz oder Mona Kasten. Und sie reden viel über »tropes« und
»shipping«. Über den jüngsten Regency-Trend oder Schulungen in »spicy«
Schreiben wussten bis dahin eher Modezeitschriften, aber kaum ein Feuilleton Bescheid. Mit der Entscheidung, diesem sehr speziellen Segment so
viel und zugleich einen derart prominenten Platz einzuräumen, folgte die
Messeleitung keinen genuin literarischen, sondern letztlich ganz prosaischen
Kalkülen. Sie reagierte damit zeitverzögert auf die Überfüllung der deutlich
kleineren Halle 3 im Jahr zuvor, als Hunderte Fans stundenlang anstanden,
um ein limitiertes Farbschnittexemplar zu kaufen, eine Lesung zu hören, Sel-
fies mit den Stars aufzunehmen und Autogramme zu sammeln.

Auf dieses massive Publikumsinteresse war die Buchwelt nicht vorbereitet,
und man tut ihr sicher kein Unrecht, wenn man feststellt, dass sie noch immer damit fremdelt. Bei den zahlreichen Leserinnen und Lesern dieser aus
Sicht des etablierten Literaturbetriebs eher wunderlich anmutenden Genres
handelt es sich schließlich um Menschen ohne jede Anbindung an dessen
Institutionen oder auch an die Literaturkritik. Keine Programmleitung eines
Verlags, kein Feuilleton hat hier die Trends vorgegeben. Vielmehr haben
junge Köpfe nicht zuletzt auch die Quarantäne-Restriktionen der Covid-19-
Pandemie dazu genutzt, Erzählmuster zu erfinden, die niemand im Kultur-
betrieb auf dem Zettel hatte. Dass deren Erfolg viele dort überrascht hat, ist
kein Wunder. Zumal es sich hier im Sinne Bourdieus um eine »illegitime
Kunst« handelt,[1] »un moyen art«, alltägliches Schreiben von jederfrau und
jedermann, in aller Regel ohne autonomieästhetischen Anspruch, häufig
auch ohne jegliche Anbindung an künstlerische Traditionen. Einem Milieu, in dem es als selbstverständlich gilt, dass man sich mit Büchern primär

---

1 Pierre Bourdieu u.a., *Eine illegitime Kunst. Die sozialen Gebrauchsweisen der Photo-
graphie* [1965]. Frankfurt: Europäische Verlagsanstalt 1981.

ihres literarischen Werts wegen beschäftigt, fällt es naturgemäß schwer, zu akzeptieren, dass ausgerechnet ein derart kunstfernes Produktsegment vom Betrieb auf einmal mit so viel Aufmerksamkeit bedacht wird, so sehr dies ökonomisch gerechtfertigt sein mag. Schließlich wären dessen Bilanzen ohne die dort erwirtschafteten Zuwachszahlen schon länger rückläufig. Die goldenen und hellblauen Bücher zählen, und sie zahlen auf die Konten der Buchbranche ein.

Weint um Eure Bücher!

Dass gerade diese illegitime Kunst das Kulturgut Buch repräsentiert, irritiert nicht zuletzt auch vor dem Hintergrund der intellektuellen Gewohnheit, die Struktur der Öffentlichkeit entlang der Entwicklung des Leseverhaltens zu diskutieren. In dieser vor allem von Jürgen Habermas geprägten Tradition wird die literarische Öffentlichkeit als die bessere, politische Öffentlichkeit der Experten begriffen, in der Fachwissen auf Seiten der Kritik wie der Literatur zählt. Diesem Selbstverständnis nach ist die literarische Öffentlichkeit eine hierarchisch strukturierte Öffentlichkeit, die zwischen der privaten Lebenswelt und der öffentlichen Sphäre angesiedelt ist und auf die Ordnung ihrer Gegenstände achtet.

Hier ist sortiert, was als hohe und gute Literatur gilt und was als populäre Unterhaltung abgewertet wird und dass ein ästhetisch-formaler Lesemodus angemessener sei als einer, der sich auf Handlung, Aktualität und Spannung konzentriert. Akteure und Institutionen haben sich meist über Jahre hinweg ihren Status erkämpft, um zu regeln, wer wie über Kunst und Literatur sprechen darf und welche Verhaltensweisen als gebildet und damit für die Strukturierung der Öffentlichkeit als tauglich gelten. Verlage und andere Institutionen der Literaturkritik entscheiden über den Zugang zu dieser Öffentlichkeit der Gebildeten. Öffentlichkeit erwächst aus dem hochstrukturierten Feld der kulturellen Distinktionen. Nur zu offensichtlich hat sich die größte Buchmesse der Welt mit der Halle 1.2 nicht an die dort etablierten Regeln und Distinktionen gehalten. Und sie ist damit längst nicht mehr allein. Einflussreiche Literaturkritiker wie Denis Scheck oder Volker Weidermann haben begonnen, nun auch New-Adult-Romane zu rezensieren. Eingeführte Verlage gründen Imprints, um die illegitime Kunst unter weniger traditionsbeladenen Namen zu kommodifizieren. Die Buchwelt ändert sich.

Sie ändert sich rasch, und das vom Rand des Betriebs her, Veränderungen, die alle nicht so recht zum Selbstverständnis der literarischen Öffentlichkeit und ihrem Topos vom Ende des Buchs und des Lesens passen wollen und die doch alle mehr oder minder ausgeprägt von einer anderen als der uns vertrauten literarischen Öffentlichkeit zeugen. Da schreibt während der Pandemie die junge, auf Instagram schon bekanntgewordene russisch-britische Dichterin Arch Hades ein fünf Cantos umfassendes Langgedicht *Arcadia*. Sie spricht das Langgedicht mit ihrer eigenen Stimme ein und gewinnt den argentinisch-spanischen Künstler Andrés Reisinger für eine musikalisch-visuell abstrakte Illustration, um dann das Gesamtkunstwerk mit einem Non-Fungible Token versehen bei Christie's für mehr als eine halbe Million US-Dollar zu verkaufen: das teuerste Gedicht der Weltgeschichte.[2] Nur Christie's ist als Gatekeeper noch dabei, ansonsten fehlen die etablierten Instanzen des Literaturbetriebs. Da ist der vielschreibende und vielgelesene High-Fantasy-Autor Brandon Sanderson, der sich für seine Bücher wie *The Way of Kings* so aufwändige Ausstattungen wünscht, dass er dafür eigens eine Crowdfunding-Kampagne gestartet hat, die am Ende mehr als fünf Millionen Dollar erbrachte. Mit der noch erfolgreicheren nächsten Kampagne hält er derzeit den Einnahmerekord für Kulturprojekte auf der Plattform.

Da ist die deutsche Autorin Nele Neuhaus, die zunächst im Selbstverlag ihre Kriminalromane veröffentlicht hat, bevor Verlage auf sie aufmerksam wurden. Inzwischen zählt sie längst zu den vertrauten Namen auf den deutschen Bestseller-Listen, wie auch Poppy J. Anderson, die mit den ersten der am Ende siebzehn Bände ihrer Sport Romance »Titans of Love« zur ersten Amazon-Millionärin auf dem deutschen Buchmarkt wurde. Dazu die Aschenputtelgeschichte der sechzehnjährigen Sarah J. Maas, die bis heute mehr als 25 Millionen Exemplare ihrer »Throne of Glass«-Serie verkauft hat, die enormen Erfolge von Rupi Kaur, E. L. James oder von Mona Kasten, Gillian Flynn oder Paula Hawkins: In einer ersten Näherung kann man von einer Popindustrialisierung der Buchkultur sprechen, die einige wenige sagenhaft erfolgreich und das Buch zu einem Fan-Objekt gemacht hat.[3] Von einer Kultur der Bookishness ist daher zu Recht die Rede – ihre Akteure sind Fans und ihre Institutionen sind digitale Plattformen.[4]

Fan-Kultur umschreibt dann auch das, was diese Popindustrialisierung der Kultur antreibt, die Trends wie das über soziale Medien geteilte Annotieren von Büchern nach verschiedenen erzählerischen Kategorien, das sogenannte Book Tabbing oder das Bookshelfing, das Posten von detailverliebt

2 Ruth Vollmer, *Non-fungible Tokens. Wertbildung und Eigentum im digitalen Raum*. In: *Leviathan*, Nr. 52/3, 2024.
3 Gerhard Lauer, *Lesen im digitalen Zeitalter*. Darmstadt: wbg 2020.
4 Jessica Pressman, *Bookishness. Loving Books in a Digital Age*. New York: Columbia University Press 2020.

eingerichteten Bücherregalen. Fans entwickeln ein eigenes Wörterbuch mit Einträgen wie »Tsundoku« oder »SuB« für »Stapel ungelesener Bücher«, mit einer eigenen Bildsprache rund um einen angesagten Rollwagen von Ikea, um ihre wöchentlichen Leseleistungen auf Social Media zu teilen. Diese Fan-Kultur ist inklusiv angelegt und kann auf den Fan-Fiction-Plattformen gar nicht genug vom »steamy« bis »smutty« Shipping der Figuren und ihren möglichst vielen Geschlechtern und Herkünften haben. Niemand wundert sich, wenn Captain Kirk schwanger wird oder Sirius Black und Remius Lupin ein Paar sind, um von den pornografischen Slash-Fan-Fiction-Romanen zu schweigen. Serien wie *Bridgerton* diversifizieren nur, was die Regency Romance von Julia Quinn schon angelegt hat. Und Instapoets wie Rupi Kaur verweisen auf eine irgendwie postkoloniale Tradition ihres Schreibens. Man umarmt die Welt, und jeder scheint hier willkommen zu sein. Die hergebrachte Ordnung der Literatur, ihre Akteure, Institutionen und Gattungsdistinktionen scheinen dagegen kaum zu kümmern, wenn in Modezeitschriften auf neueste Trends wie »Coquette Core« aufmerksam gemacht wird und man dort von der angesagten Haarschleife auf Lana Del Rey und von dort weiter auf Nabokovs *Lolita* zu sprechen kommt, als hätten diese Dinge immer schon zusammengehört. Sexuelle Tabus oder bildungsbürgerliche Hierarchien spielen in dieser Buchkultur mindestens auf den ersten Blick keine Rolle mehr. Die damit früher verbundenen Gesten subkultureller Revolten fehlen hier.

Zur neuen, nicht selten zunächst noch undeutlich umrissenen literarischen Öffentlichkeit gehört, dass dreißig Jahre nach Oprah prominente Schauspielerinnen und Sängerinnen von Emma Watson bis zu Dua Lipa, von Mindy Kaling zu Jenna Bush Hager, Sarah Jessica Parker oder Reese Witherspoon Celebrity Book Clubs gründen und die behandelten Bücher zu globalen Events für ein vor allem junges und weibliches Publikum machen. In dieser höchst lebendigen Bookishness-Öffentlichkeit scheinen nicht Argumente und Diskurse, sondern Gefühle sehr viel, manchmal fast alles zu sein. Über die eigenen Leseerfahrungen wird intensiv geredet und nicht selten auch geweint, und das dann öffentlich auf BookTook mit Abermillionen von Views aus aller Welt. Ein Buch wie Rebecca Yarros' *Fourth Wing*, voller Gewalt und Sex, verstecken weder die Verlage noch würde man sich dafür schämen, es in aller Öffentlichkeit zu lesen. Das dem Buch angehaftete Label »Fast Fashion« dürfte nicht unbedingt eine Empfehlung für den dtv-Verlag sein, in dem die deutsche Ausgabe erscheint, und doch wird es so publiziert, und das nicht nur aus ökonomischen Gründen. Die Buchbranche bezahlt Schauspieler, die, wie auf der Frankfurter Buchmesse 2024, Figuren aus Romanen verkörpern und für ein Selfie mit dem »book boyfriend« bereitstehen, auch das ein weiteres Indiz dafür, wie weit die Buchwelt sich bereits umzusortieren begonnen hat.

Auf diese Entwicklung scheint alles zuzutreffen, was der Historiker Andreas Rödder als »Kultur der Inklusion« bezeichnet hat.[5] Gemeint ist jene gesteigerte Kultivierung von Partizipation und Anerkennung nach der Postmoderne, die deutlich über das hinausgeht, was Jürgen Habermas 1988 in einem Interview mit Blick auf die Achtundsechzigerjahre als »Fundamentalliberalisierung« der deutschen Gesellschaft und ihrer Lebens- und Umgangsformen bezeichnet hat,[6] und die auch deutlich über das hinausgeht, was postmoderne Theorien als Dekonstruktion von Normen und Gewissheiten gefeiert haben. Diese Bookishness-Kultur ist anders, zumindest auf den ersten Blick: weder liberal noch postmodern. Gemessen an den bisherigen Erwartungen wirkt sie wie eine freche Entstrukturierung der Öffentlichkeit. Die kulturelle Transformation spricht Englisch und gibt sich denationalisiert, sie ist weiblich und kommt weitgehend ohne Expertentum aus. Dass *Arcadia* eine mehr als ein halbes Jahrtausend umfassende Gattungsgeschichte der Schäferdichtung seit Jacopo Sannazaro hat, ist so wenig von Interesse wie die Bedeutung des S. Fischer Verlags. Alles ist hier neu, etwas unsortiert und doch selbstverständlich.

Das Unbehagen in der Kultur

Moritz Baßler hat den Begriff des »Midcult« vorgeschlagen, um einen Wandel der gegenwärtigen Kultur hin zu den prätentiösen Gesten des Bedeutsamen zu konstatieren und zu kritisieren.[7] Mindestens auf den ersten Blick passt Baßlers Kritik an der Konsumästhetik des populären Realismus auch auf die Bookishness-Kultur mit ihrer Demonstration allzu selbstgewisser Identität, Bedeutsamkeit und Moralität der Autoren und ihrer Stoffe. Der Autor und Kritiker Dwight Macdonald, der den Begriff prägte, hatte 1960 in seinem Aufsatz *Masscult and Midcult* die Kommodifizierung der amerikanischen Kultur kritisiert.[8] Bei Baßler ist der Begriff jedoch auf seine ästhetische Dimension geschrumpft und taugt vor allem dazu, einem gefühlten ästhetischen Unbehagen – nicht zufällig der männlichen Experten etablierter Literaturinstitutionen – in der Moderne Ausdruck zu verleihen. Welche Änderung in der

---

5 Andreas Rödder, *21.1. Eine kurze Geschichte der Gegenwart*. München: Beck 2023.

6 Jürgen Habermas, *Interview mit Angelo Bolaffi*. In: Ders., *Die nachholende Revolution. Kleine politische Schriften VII*. Frankfurt: Suhrkamp 1990.

7 Moritz Baßler, *Der neue Midcult. Vom Wandel populärer Leseschaften als Herausforderung der Kritik*. In: *Pop. Kultur und Kritik*, Nr. 18, Frühling 2021.

8 Dwight Macdonald, *Masscult and Midcult*. In: *The Partisan Review*, Nr. 27/4, Frühjahr 1960.

Sozialstruktur der Massengesellschaft das von Baßler beklagte Absinken des ästhetischen Niveaus verursacht hat, bleibt dabei ebenso offen wie die Zusammenhänge zwischen der Sozialstruktur und den Entwicklungen der ästhetischen Geschmackspräferenzen und literarischen Werturteile, die noch Macdonald interessiert haben.

Ja, Döblins *Berlin Alexanderplatz* ist besser als Tanja Würger oder Daniel Kehlmann, aber es war schon früher besser als viele andere Bücher seiner Zeit. Unklar bleibt in den Debatten um Midcult, was sich verändert hat – und gemessen woran. War früher mehr Experiment in der Literatur oder war nicht einfach die Gruppe, die sich selbst zur Suhrkamp-Kultur erklärt hat, nur geschlossener, waren die Hierarchien noch steiler und die Titel der Neuerscheinungen weniger? Ist der Grad der Avantgardizität oder ästhetischen Polyvalenz geeignet, um Verfall zu bestimmen, oder eher einfach der Beleg dafür, dass auch Kulturkritiker wie Baßler einer Stilgemeinschaft angehören? Schon Rowohlts *Literarische Welt* oder Ullsteins Zeitung *Tempo* hatten vor etwa hundert Jahren wenig Scheu davor, Boxkämpfe, Autos und Literaturlisten auf ihren Seiten zusammenzustellen und Rundfragen über angesagte Bücher und Filme zu veröffentlichen. Hesses *Steppenwolf* stand damals, 1927, auf Platz eins. Heute ist Hesse auf den sozialen Plattformen der mit Abstand wichtigste kanonische Autor der deutschen Literatur. Wenn gegenwärtig in Modezeitschriften auf einer Ebene Haarschleifen und Nabokovs *Lolita* verhandelt werden und Instapoeten von Sylvia Plath reden, als wäre sie eine Freundin, so ist das nicht so weit von dem entfernt, was auch zu Döblins Zeiten gängige Praxis im Literaturbetrieb war.

Schaut man sich die Debatte um die Einführung von Bestsellerlisten Anfang der sechziger Jahre an, als *Zeit* und *Spiegel* begannen, solche Listen durch das Allensbacher Institut erstellen zu lassen, dann finden sich schon dort ähnliche Argumente vom Verlust einer tiefgründigeren Auseinandersetzung mit anspruchsvoller Literatur,[9] was heute unter Stichwörtern wie »deep reading« oder »niedrigqualifizierte Meinungsblase« verhandelt wird. Anders gesagt, mit dem Begriff des Midcult lassen sich die gegenwärtigen Veränderungen nicht scharfstellen. Es fehlt ihm eine Vergleichsgröße, um die kulturelle Transformation näher bestimmen zu können, so dass man bei einer gefühlten Kulturkritik stehenbleibt, statt eine Analyse der literarischen Öffentlichkeit zu erarbeiten.

---

9 Jörg Magenau, *Bestseller. Bücher, die wir liebten – und was sie über uns verraten*. Hamburg: Hoffmann und Campe 2018.

Da hat Felix Heidenreich in seinem Aufsatz *Literarische und politische Öffentlichkeit* die Problematik schon schärfer gefasst.[10] Mit der Entstrukturierung der öffentlichen Kommunikation, so Heidenreich, verliere die Gesellschaft eines ihrer wichtigsten Reflexionsmedien, zumindest dann, wenn man Habermas' idealisiertem Begriff der Öffentlichkeit folgt.[11] Der Anspruch, Literatur habe gesellschaftlich verbindlichen Erwartungen zu entsprechen, scheint heute seltsam aus der Zeit gefallen zu sein. Carolin Amlinger stellt fest, dass sich das Lesen vom Aufstiegsversprechen entkoppelt habe.[12] Und Andreas Reckwitz diagnostiziert, der neue Fetischcharakter des Buchs stelle nur die Rückseite einer »Ausdünnung des Lesens« dar.[13] Lesen ist dann die verbliebene Privatisierung der Distinktionsgewinne, aber auch nicht mehr. Angesichts der Singularisierung der literarischen Erfahrung gebe es keine geteilte Aufmerksamkeit mehr für die Literatur. Selbst die verkaufssteigernde Vergabe des Deutschen Buchpreises wäre nur Symptom für ein spätbürgerliches Rückzugsverhalten. Eine literarische Öffentlichkeit entstehe so nicht mehr, beklagen diese und ähnliche Theorien.

Der Krisenrhetorik dieser Theorien steht allerdings eine eher schmale empirische Datenlage gegenüber. Ob tatsächlich weniger gelesen wird, ist einigermaßen schwierig abzuschätzen, wenn heute Spotify den Markt für Hörbücher zu bestimmen beginnt und gebrauchte Bücher in so großem Umfang auf den digitalen Märkten gehandelt werden, dass aus der Ich-AG Momox innerhalb kurzer Zeit ein europäisches Re-Commerce-Unternehmen geworden ist. Bücherschränke für den privaten Büchertausch gehören zum Stadtbild schon länger dazu, ohne dass all diese Buchbörsen in die Lesestatistiken Eingang fänden, von den großen digitalen Plattformen für Fan-Fiction ganz zu schweigen, auf denen Zehntausende von Geschichten jeden Tag global publiziert, gelesen und kommentiert werden.

Noch undeutlicher wird das Bild, wenn man nach den sozioökonomischen Milieus und regionalen Verteilungen, nach den Akteuren und Institutionen des Lesens fragt. Lesen und Bildung haben sich keineswegs vom sozialen Aufstieg entkoppelt. Die Chancen für Kinder aus einkommensschwachen

10 Felix Heidenreich, *Literarische und politische Öffentlichkeit. Die Singularisierung ästhetischer Erfahrungen und ihre Folgen.* In: *Leviathan*, Nr. 50/1, 2022.

11 Jürgen Habermas, *Warum nicht lesen?* In: Katharina Raabe / Frank Wegner (Hrsg.), *Warum Lesen. Mindestens 24 Gründe.* Berlin: Suhrkamp 2020.

12 Carolin Amlinger, *Lesekrisen. Ungleichheiten der Lesegesellschaft und die lesende Klasse.* In: *Merkur*, Nr. 894, November 2023.

13 Andreas Reckwitz, *Kleine Genealogie des Lesens.* In: Katharina Raabe / Frank Wegner (Hrsg.), *Warum Lesen.*

„Ein Vergnügen und eine Zumutung,
eine Inspiration und eine Provokation."
— FAS

Der *MERKUR* im Abonnement

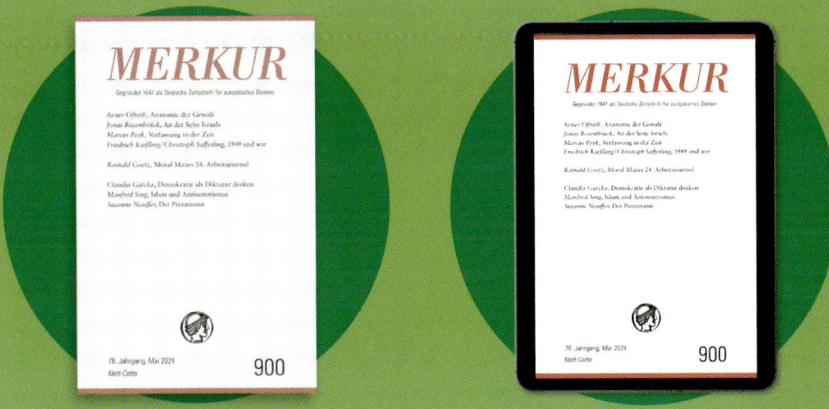

Ja, ich will den *MERKUR* abonnieren!

● **Jahresabo Print:**
12 Ausgaben in der Printversion
152 € zzgl. Versand (D) 21,60 €;
(CH) 36 CHF; (EU) 31,20 €;
(übriges Ausland) 45,60 €

● **Jahresabo Digital:**
12 Monate *MERKUR* digital:
Alle Ausgaben online und zum Download
(ePub, MOBI, PDF) + freier Zugang zum
Archiv mit allen Texten der Zeitschrift
seit 1947.
152 €

● **Jahresabo Print + Digital**
178 € zzgl. Versandkosten: (D) 21,60 €; (CH) 36 CHF; (EU) 31,20 €; (übriges Ausland) 45,60 €

Als Buchprämie wähle ich

● Martina Hefter   ● Venki Ramakrishnan   ● Peter Heather, John Rapley

Nach Ablauf eines Jahres ist das Abonnement monatlich kündbar.

_____

Datum, Unterschrift

Wählen Sie Ihre Buchprämie

Hey guten Morgen,
wie geht es dir?
Martina Hefter

Warum wir sterben
Venki Ramakirshnan

Stürzende Imperien
Peter Heather,
John Rapley

Absender

_____

Vorname, Name

_____

Straße und Hausnummer

_____

PLZ und Ort

_____

Telefon (optional für Rückrufe)

_____

E-Mail

Aboservice
+49 (0) 89 / 85 853 – 868 | klett-cotta@cover-services.de

Deutsche Post
ANTWORT

Leserservice
Verlag Klett-Cotta
Postfach 13 63
82034 Deisenhofen

Familien, am Bildungserfolg teilzunehmen, haben sich vielfach verbessert.[14] Die Vorstellung, dass in wenigen Buchreihen und ausgewählten Verlagen, in ein paar Radio- und Zeitungsredaktionen literarische Öffentlichkeit erzeugt wird, unterschätzt nicht nur Institutionen wie Schulen und Akteure wie die Deutschlehrerin, sondern die große Vielfalt der Akteure und Institutionen, die Öffentlichkeit herstellen, von der *Apotheken Umschau* über die *Brigitte* bis hin zu den Fachzeitschriften, die alle schon lange Themen und Trends in der Gesellschaft mitbestimmen. Eher wird man in erster Näherung sagen können, dass die Zahl der Akteure und Institutionen, die heute mitsprechen, bedingt nicht zuletzt durch die digitalen Medien, zugenommen hat. Formulierungen, die von einer Enthierarchisierung und Demokratisierung der Öffentlichkeit sprechen, versuchen, diese Multiplikation der Akteure und Institutionen einzufangen, so schwierig es bleibt, den Umfang dieser Transformation genauer abzuschätzen. Aber klar ist, dass die Zunahme der Akteure und Institutionen kaum mit einer Entstrukturierung, sondern eher mit einer komplexeren Strukturierung der Öffentlichkeit einhergeht.

Liszts Hund

Franz Liszt soll sich einen Hund angeschafft haben, dessen Fell die gleiche Farbe wie seine Haare hatte, um die enorme Nachfrage nach Locken des Künstlers zu befriedigen. Ähnliches wird mit wechselnden Tieren vielen Künstlern nachgesagt. Historiker wie Thomas Nipperdey insistieren mit guten Gründen darauf, dass die Ästhetisierung der Gesellschaft gerade auch ihrer Veralltäglichung wegen wesentlich zur Verbürgerlichung der Gesellschaft beigetragen hat.[15] Knapp formuliert: Kunst und Literatur machen die liberale Gesellschaft. Doch diese liberale Gesellschaft ist unvermeidlich komplex, denn immer mehr Akteure und Institutionen wollen und können über Locken und Klavierkunst mitreden, weil sie die dafür notwendige Bildung erwerben konnten, immer mehr Rollen stehen in der Öffentlichkeit dafür bereit. Mit dieser Entwicklung erhöht sich seit dem 19. Jahrhundert schrittweise die Gesamtkomplexität der Gesellschaft. Dieser Komplexitätszuwachs hat auch die frühe Soziologie mitbestimmt, als sie versucht hat, die Funktionen von Kunst und Mode nicht nur als Distinktionsgewinn für die Unterscheidung der Klassen zu begreifen, sondern die Bedeutung der Künste

---

14 Majed Dodin u.a., *Social Mobility in Germany.* In: *Journal of Public Economics*, Nr. 232, April 2024.
15 Thomas Nipperdey, *Wie das Bürgertum die Moderne fand*. Berlin: Siedler 1988.

gerade auch für die individuelle Selbstkultivierung und Rollenfindung innerhalb der entstehenden Massengesellschaft zu analysieren.

Die Ausweitung der kulturellen Beteiligung und eine Verbesserung der Be-
teiligungsgerechtigkeit gelten uns unverändert als demokratischer Zugewinn.
Auch wenn nicht wenig kontrovers etwa um die »Plage« des Massenbuchs
um 1900 gestritten, der Erfolg des »Volksgoethe«[16] um 1920 als Verflachung
oder die »Inflation« des Taschenbuchs in den 1950er Jahren kritisiert wurde – in der Summe wurden solche Entwicklungen selbst von Vertretern der
Bildungselite wie etwa Hans Blumenberg akzeptiert.[17] Zugleich wurde und
wird mit jeder Entwicklung von kulturellen Alternativen, Subkulturen und
Cores auch der Verlust an Verbindlichkeit geteilter Vorstellungen der Gesellschaft beklagt. Es gibt jedoch gute Gründe, mit Steffen Mau, Thomas Lux
und Linus Westheuser vorsichtiger im Umgang mit der Rede von sozialer
Spaltung zu sein und die Konvergenz in einer Reihe gesellschaftlicher Arenen
der Ungleichheit nicht aus dem Blick zu verlieren.[18]

Wie Johannes Franzen jüngst gezeigt hat, gibt es zwar auch auf dem Feld
der Kultur nicht wenige Triggerpunkte, ein hohes Verletzungspotential und
den Kampf um Distinktionsgewinne.[19] Allerdings vor allem im Kontext von
Blockbuster-Filmen, Bands wie Rammstein, Jan Böhmermanns Parodien
auf Fontanes *Effi Briest* oder den Auftritten Taylor Swifts, es geht nicht
mehr um Wagner und Brahms, und es gibt kaum noch einen Streit wie den
zwischen Marcel Reich-Ranicki und Martin Walser. Was mal Wagnerianer
und Brahminen waren, sind heute die BTS Army oder Swifties. Die elitäre
Moderne und ihr avantgardistisches Kunstparadigma, demzufolge man nur
an Musils *Mann ohne Eigenschaften* wahre ästhetische Erfahrung gewinnen
könne, wirkt schon länger aus der Zeit gefallen. Gesellschaft hat sich darum
nie geformt. Historisch wie gegenwärtig ist es vielmehr so, dass die Fans deshalb der Kunst Geltung verschafft haben, weil sie mit großer Verve, Zeit und
Geld aus der Musik dieser Künstler einen gesamtgesellschaftlichen Referenzpunkt gemacht haben, so marginal die Streitpunkte im Einzelnen zumeist

---

16 Philip Ajouri, *Der »Volksgoethe« von Erich Schmidt. Eine populäre Goethe-Ausgabe um
    1900.* In: *Jahrbuch der deutschen Schillergesellschaft*, Nr. 59, November 2015.
17 Hans Blumenberg, *Das Buch als Markenartikel. Wohltat und Plage der Taschenbuch-
    Reihen – Das »Vollbuch« stirbt nicht aus.* In: Ders., *Schriften zur Literatur 1945–1958.*
    Hrsg. v. Alexander Schmitz u. Bernd Stiegler. Berlin: Suhrkamp 2017.
18 Steffen Mau / Thomas Lux / Linus Westheuser, *Triggerpunkte. Konsens und Konflikt in
    der Gegenwartsgesellschaft.* Berlin: Suhrkamp 2023.
19 Johannes Franzen, *Wut und Wertung. Warum wir über Geschmack streiten.* Frankfurt:
    Fischer 2024.

waren und sind. Erst für Fans zählen Kunst, Musik und Literatur, verbinden sie sich eng mit der eigenen Identität, werden zum Lebensstil und vergemeinschaften. Nur Fans kaufen Liszts Locken.

Volker Weidermann hat beschrieben, wie anders seine Erfahrungen als Literaturkritiker sind, seit er New-Adult-Romane auch auf BookTok bespricht. Auf einmal meldet sich ein Publikum aus einer literarischen Parallelwelt, in der andere Regeln der Geschmacksbildung gelten.[20] Man will auch als Publikum mitreden, während das Redeprivileg des Literaturkritikers schrumpft. Dafür zählt seine Kritik mehr als sonst, und zwar deshalb, weil das Publikum einen nicht mehr zu ignorierenden Rückkanal intensiv nutzt, eben die Kommentarmöglichkeiten auf BookTok. Verlage wie Gräfe und Unzer erweitern ihr Portfolio an Ratgeberbüchern um Romance- und New-Adult-Reihen mit der Begründung, dass in diesen Büchern Mental-Health-Themen eine herausragende Rolle für die Lebensgestaltung spielen.[21] Die blass hellblauen Bücher zählen im Leben, und das mehr als Schullektüren und Kanon. Auch das ist nicht an sich neu, die Dimensionen aber sind es.

Der demonstrative Lesekonsum geht auch nicht, wie oft behauptet, mit einer Privatisierung der Lebensstile einher. Weltflucht reicht als Begründung nicht aus, um die gegenwärtige kulturelle Dynamik angemessen zu verstehen, noch genügt seine Beschreibung als »Kidulting«, als auf Dauer gestellte Infantilisierung jugendlicher Lebensstile. Denn die Jugend ist politischer eingestellt denn je, sagt uns etwa die Shell-Jugendstudie. Ein Zusammenhang zwischen der inklusiv-kosmopolitischen Individualisierung der Lebensstile im Umgang mit Büchern und einem Verblassen der politischen Öffentlichkeit lässt sich kaum herstellen. Das Gegenteil trifft zu: Mehr denn je ist Kultur ein universalistisches Inklusionsmedium. Jeder ist ein Künstler, wie es Joseph Beuys formuliert hat und sich zugleich nicht wirklich vorstellen konnte. Gute Kunst ist keine Inklusionsvoraussetzung mehr. Hyperkultur ist fast überall.

In historischer Perspektive erscheint daher die gegenwärtige extensive Ausweitung der kulturellen Inklusion und Partizipation als eine Fortsetzung der kulturellen Moderne mit gesteigerten Mitteln. Was einst literarische Salons waren, ist jetzt BookTok. Das alles vergrößert die Komplexität der beteiligten Akteure und Institutionen und ihrer Rollen. Man kann von

20 Volker Weidermann, *BookTok und ich*. In: *Zeit* vom 19. Oktober 2024.

21 *New-Adult-Romane und Ratgeber. Wie passt das zusammen, Eva Dotterweich?* In: *Börsenblatt des Deutschen Buchhandels* vom 2. Juni 2024 (https://www.boersenblatt. net/news/sonntagsfragen/new-adult-romane-und-ratgeber-wie-passt-das-zusammen-eva-dotterweich-333499).

einer Vervielfältigung der Sozialfiguren sprechen, also jener anschaulichen Schablonen für Verhaltensweisen, die ein noch nicht ganz verfestigtes, aber als neu wahrgenommenes Verhalten repräsentieren. Wie Sebastian Moser und Tobias Schlechtriemen argumentieren, stehen Sozialfiguren für neue, sich erst andeutende Rollen, an die noch keine klar umrissene Verhaltensnormierung herangetragen wird, die jedoch in der gesellschaftlichen Wahrnehmung schon einen neuen Typus darstellen.[22] Sie irritieren, empören oder gewinnen auch sonst Aufmerksamkeit gerade aufgrund ihrer flexiblen, aber schon zugespitzten Sozialcharakteristik. »Die junge Leserin« ist eine solche schablonenhafte Sozialfigur, deren Konturen erst in den letzten Jahren sichtbar geworden sind, die teils auf Ablehnung stößt, teils fasziniert, teils imitiert und teils kommodifiziert wird. Die Figur wird besonders dort öffentlich, wo sich beispielsweise junge Leute zu Hunderten auf dem New Yorker Times Square zum öffentlichen Lesen von Büchern verabreden. Dann spricht auch die Gesellschaft über die neue Sozialfigur.

Die Sozialfigur der jungen Leserin lädt zum »buddy read« mit der besten Freundin ein, gründet einen Buchclub, geht demonstrativ in die lokale wie globale Öffentlichkeit hinaus. Den Institutionen des Literaturbetriebs bleibt da nur die Rolle, den scheinbar kurzatmigen Moden und Manien und deren kapitalistischen Systemimperativen nachzugeben. Im Sinne Niklas Luhmanns wirkt die neue Sozialfigur als »Vorsortierung durch Aufmerksamkeitsregeln«.[23] Allerdings fragt sich, inwieweit das derzeit schon eine qualitativ andere literarische Öffentlichkeit ist.

Die hyperkulturelle Republik der jungen Leserin

Gerhard Schulze hat vor gut dreißig Jahren seine Theorie der Erlebnisgesellschaft vorgestellt, der zufolge sich seit den 1970er Jahren die zuvor kompetitive, auf Statusgewinn abgestellte Gesellschaft in einer Weise wandelt, dass nun zunehmend postmaterielle Projekte eines schönen, interessanten und angenehmen Lebens bei der individuellen Lebensgestaltung in den Vordergrund rücken.[24] Jan Delhey und Christian Schneickert haben Schulzes Befund vor kurzem anhand der Daten des European Social Survey überprüft

---

22 Sebastian J. Moser / Tobias Schlechtriemen, *Sozialfiguren – zwischen gesellschaftlicher Erfahrung und soziologischer Diagnose*. In: *Zeitschrift für Soziologie*, Nr. 47/3, August 2018.

23 Niklas Luhmann, *Öffentliche Meinung*. In: *Politische Vierteljahresschrift*, Nr. 11/1, März 1970.

24 Gerhard Schulze, *Die Erlebnisgesellschaft. Kultursoziologie der Gegenwart*. Frankfurt: Campus 1992.

und kommen zu dem Ergebnis, dass die Erlebnisorientierung in den letzten Dekaden auf hohem Niveau noch einmal zugenommen hat.[25] Neu hinzugekommen ist allerdings auch eine Logik der Begrenzung, die unter Stichworten wie »Achtsamkeit«, »Inklusion« oder »Nachhaltigkeit« auf eine andere, gleichwohl innengerichtete Modernisierung abhebt.

Die gegenwärtige literarische Öffentlichkeit, so meine These, intensiviert die Innenorientierung der Leserinnen und Leser und strukturiert die bisherigen Asymmetrien im Literaturbetrieb neu. Die nichtautorisierten Akteure eröffnen für sich und für die, mit denen sie sich vergemeinschaften, bemerkenswert große Spielräume für die persönliche Lebensgestaltung, ja fordern diese auch ostentativ vom etablierten Literaturbetrieb ein. Die Erlebnisindustrie und der Literaturbetrieb reagieren darauf, sind aber vielfach nicht die treibende Kraft bei der Veralltäglichung der Ästhetisierung und kulturellen Vergemeinschaftung. Typisch für diese vielleicht neue literarische Öffentlichkeit sind Cores, nicht Subkulturen, denn Cores sind flexibel handhabbare Formen der Lebensgestaltung, die teils stärker innenorientiert angelegt sind, teils aber diese Innenorientierung nach außen tragen, ohne damit einen Statusgewinn verbuchen zu wollen.

Bemerkenswert für die andere literarische Öffentlichkeit ist die Prominenz von Gruppen auf Foren wie BookTok, die eher als marginalisiert eingestuft werden. Die mit vier Jahren nach Kanada migrierte Rupi Kaur, die es vom Einwandererkind zum globalen Literaturstar geschafft hat, ist dafür die ikonische Figur. BookTok-Videos geben sich vielfach den Anschein, aus engen Jugendzimmern gepostet zu werden, und vermeiden bildungsbürgerliche Ausstattungen. Oder sie übertreiben sie so sehr, dass alle diese hochbildungsbürgerlichen Settings wie etwa die von *Maxton Hall* als Fantasiewelt erkennen. Soziale Ungleichheiten sind vor allem als individuell erlebte Diskriminierungserfahrungen Thema in der Bookishness-Kultur, und auch hier ist Rupi Kaur das Modell. Dagegen kommen die immensen Folgekosten unzureichender Bildung über individuelle Erfahrung hinaus kaum in den Blick,[26] aber das kamen sie schon in der bisherigen literarischen Öffentlichkeit nicht.

25 Jan Delhey / Christian Schneickert, *Aufstieg, Fall oder Wandel der Erlebnisorientierung? Eine Positionsbestimmung nach 30 Jahren »Erlebnisgesellschaft«.* In: *Zeitschrift für Soziologie*, Nr. 51/2, 2022.

26 Ludger Wößmann / Marc Piopiunik / Bertelsmann Stiftung (Hrsg.), *Was unzureichende Bildung kostet. Eine Berechnung der Folgekosten durch entgangenes Wirtschaftswachstum.* München: ifo Institut 2009.

Neu an der literarischen Öffentlichkeit ist, dass die Möglichkeitsspielräume so forciert wahrgenommen werden, dass mit Georg Simmel von einem qualitativen Individualismus oder mit Andreas Reckwitz von einer Hyperkultur zu sprechen ist, in der tendenziell alles kulturell wertvoll, fast alles mit allem rekombiniert und zu immer neuen Trends wie »Dark Academia« verdichtet werden kann. Die Unübersichtlichkeit auf diesem Feld nimmt zu. Entsprechend sortieren Stars und Cores, aber auch private Buchclubs und Buddy Reads die Aufmerksamkeit, reduzieren die Suchbewegungen der partizipativen Möglichkeiten und halten den Literaturbetrieb offen für Erkundungen neuer Trends. Den qualitativen Unterschied gegenüber den letzten Dekaden des 20. Jahrhunderts macht dabei die Digitalisierung. Erst unter den Bedingungen der digitalen Gesellschaft kann die junge Leserin zu einem bestimmenden Faktor der kulturellen Vergesellschaftung werden. Zuvor war sie auf die Rolle der Konsumentin begrenzt. Etwa seit 2010 verfügt sie über Rückkanäle, die der etablierte Literaturbetrieb nicht kontrolliert, über die Möglichkeit, mit dem Smartphone Kultur mitzugestalten und neue, zunächst als illegitim erachtete Formate der Kulturpartizipation zu entwickeln.

Freilich ist ein Widerspruch in der neuen literarischen Öffentlichkeit nicht zu übersehen. So sehr sie Partizipationsmöglichkeiten ausweitet und dem Lesen von Literatur eine hohe Bedeutsamkeit und einen starken Sinn zuschreibt, so sehr fehlt es ihr an gesamtgesellschaftlicher Repräsentativität. Fan-Kultur und Popindustrie wechseln allzu schnell und behänd die Cores und Genres, ohne dass daraus weiterreichende Verbindlichkeiten entstünden. Die jüngsten Gründungen von Imprints wie 8th Note Press durch ByteDance beziehungsweise TikTok oder 8080 Books durch Microsoft werden die kulturelle Dynamik noch einmal beschleunigen. Der Komplexitätszuwachs durch neue Akteure und Institutionen wirkt nur dann einer Entstrukturierung der literarischen Öffentlichkeit entgegen, wenn es gelingt, über die Fan-Kultur der Bookishness hinaus eine Verständigung über eine hierarchische Strukturierung der Literatur zwischen den neuen und alten Akteuren und Institutionen zu etablieren. Solange die einen nur ihre Bookishness kultivieren und die anderen nur an ein Ideal erinnern, das es so nie gab, kann die Erneuerung der literarischen Öffentlichkeit nicht gelingen. Auch Kultur ist auf geteilte, hierarchische Strukturierung ihrer Gegenstände angewiesen, um über Fan-Zirkel hinaus Geltung zu gewinnen. Entsprechend gelingt die Neustrukturierung der literarischen Öffentlichkeit unter den Bedingungen der Digitalisierung gerade dort, wo etablierte und neue Akteure zusammenwirken. TikTok hat den ersten Buchclub, den TikTok Book Club, mit Jane Austens Roman *Persuasion* eröffnet. Volker Weidermann bespricht auf TikTok Mona Kastens *Maxton Hall*, Rita Bullwinkels *Schlaglicht* oder

Rebecca Yarros' *Fourth Wing*, aber auch Georg Büchners *Woyzeck*. Bibliotheken und Buchclubs nicht anders als Verlage nehmen die junge Leserin und ihre Bücher inzwischen ernst und verlegen und verleihen diese Bücher. In den Schulen wird nicht mehr nur Max Frischs *Homo Faber* oder Fontanes *Effi Briest* gelesen. Das Ineinander von etablierten und neuen Akteuren und Institutionen gibt der literarischen Öffentlichkeit die notwendige Hierarchisierung ihrer Gegenstände zurück. Ikea-Rollwagen und Sylvia Plath sind verschieden. Dass sie aber zusammenhängen können, ist das Versprechen der neuen literarischen Öffentlichkeit.

Matthias Hansl
Darts

Darts ist, oberflächlich betrachtet, ein simples und zugleich in jeder Hinsicht denkbar unaufwändiges Geschicklichkeitsspiel. Zwei Kontrahenten werfen abwechselnd jeweils drei Pfeile – die Darts – aus einem bestimmten Abstand auf das Board, eine Scheibe mit 20 symmetrischen, farbig voneinander abgesetzten Kreissegmenten. Die Segmente sind durch zwei schmale Ringe so gegliedert, dass sich, zusammen mit dem kleinen Doppelkreis in der Mitte, insgesamt 82 unterschiedliche Felder ergeben. Jedem Feld ist ein fester Zahlenwert zugeordnet, für jeden Treffer auf dem Board kann es zwischen 1 und 60 Punkten geben. Die erzielten Punkte werden beim Darts allerdings nicht addiert, sondern subtrahiert: Beide Spieler starten mit einem Guthaben von 501 Punkten auf ihrem Konto, gewonnen hat, wem es zuerst gelingt, sein Konto auf Null zu stellen.

Die besten Erfolgschancen hat, wer es schafft, gleich mit den ersten Würfen – jede Dreierrunde wird »Aufnahme« genannt – möglichst hohe Punktzahlen jenseits der 100 zu erzielen, wofür die kleinen, besonders schwer anzuvisierenden Triple-Felder im mittleren Reifen des Boards getroffen werden müssen.[1] Neben der Höhe des Scorings müssen die Spieler darauf achten, ihren aktuellen Punktestand stets im Kopf zu behalten und sich durch passende Wurfkombinationen einen praktikablen Weg zum Finish vorauszurechnen. Je höher und strategisch klüger die Spieler scoren, desto schneller und komfortabler erreichen sie den Finish-Bereich, landen also bei einer Punktzahl, die sie in einer Aufnahme, also mit einem bis maximal drei Darts erzielen können (vom leichteren Ein-Dart- über das mittlere Zwei-Dart- bis hin zum schwierigen Drei-Dart- beziehungsweise High-Finish). Wer zuerst 501 Punkte erreicht, indem er oder sie mit dem letzten Dart das passende Doppelfeld im äußeren Reifen der Scheibe oder aber das Bull's Eye trifft (Double-Out-Modus), hat ein Leg gewonnen. Am schnellsten schafft man das mit drei Aufnahmen, also neun Würfen, einem Nine-Darter, was selbst für Profis eine Besonderheit, für Hobbyspieler hingegen schlicht ein Ding der Unmöglichkeit darstellt.

---

1 In der Regel starten Darts-Cracks ihre Aufnahmen daher mit Würfen auf die Triple 20 (60 Punkte) – drei aufeinanderfolgende Treffer der Triple 20 ergeben die höchstmögliche Aufnahme von 180 Punkten –, etwas seltener auf die Triple 19 (57 Punkte) oder die Triple 18 (54 Punkte), manchmal wird auch ein Versuch auf niedrigere Triple-Felder oder das runde Bull's Eye (50 Punkte) in der Kreismitte eingestreut.

Das Spiel ist also deutlich komplexer und schwieriger zu meistern, als man zunächst annehmen würde. Tatsächlich ist es enorm schwierig, aus 2,37 Metern Entfernung konstant präzise auf eine Scheibe an der Wand zu zielen. Wer es im Darts zu etwas bringen will, muss viel Talent, Kapazitäten im Kopfrechnen und mentale Stabilität mitbringen – und durch mehrere Trainingsstunden täglich die Hand-Auge-Koordination schulen. Kein Wunder, dass es Spieler unterschiedlichster Niveaus in seinen Bann ziehen kann. Weshalb aber funktioniert Darts auch als Zuschauersport? Wie ist es zu erklären, dass die Aussicht, über Stunden live verfolgen zu können, wie erwachsene Menschen abwechselnd drei Pfeile auf eine kleine Scheibe werfen, mittlerweile massenhaft Fans in die größten Veranstaltungslocations Europas oder zuhause beziehungsweise in der Kneipe vor die Bildschirme lockt? Warum haben mein bester Freund und ich schon vor mehreren Jahren gezielt eine Berliner Eckkneipe aufgesucht, um uns in voller Länge die beiden Halbfinals der Darts-Weltmeisterschaft auf Sport1 anzusehen? Beim professionellen Bogen- oder Luftpistolenschießen, ebenfalls mentale Präzisionssportarten, die, im Gegensatz zu Darts, immerhin zugleich olympische Disziplinen sind, ist ein ähnlicher Hype bis heute jedenfalls nicht zu verzeichnen.

Ein Grund dafür liegt auf der Hand: Darts ist ein Kneipensport. Ein häufig zitierter Satz wird wahlweise Phil Taylor, dem erfolgreichsten Dartspieler aller Zeiten, oder seinem Mentor Eric Bristow zugeschrieben: »Man kann Darts aus dem Pub herausholen, aber nie den Pub aus dem Darts.«

Dementsprechend groß ist der Pool an Freizeitspielern, die selbst regelmäßig vor dem Board stehen und die Leistung der Profis würdigen können. Dementsprechend eng verwachsen ist der Sport mit der Pub-Kultur des britischen Arbeitermilieus. Der professionalisierte Turnierbetrieb lebt in hohem Maß vom (Selbst)Romantisierungs- und Identifikationspotential dieses Settings. Bei den TV-Events wird deshalb sehr genau darauf geachtet, den Wettkampf in glaubwürdiger Pub-Atmosphäre zu inszenieren. Die Profispieler wiederum müssen habituell bis zu einem gewissen Grad Figuren wie aus der Stammkneipe sein, wenn ihnen die Herzen der Fans in einer Art potenzierter Kneipenfeieratmosphäre zufliegen sollen. Am besten gelingt das, wenn sie den Mythos vom malochenden (Anti)Helden oder der malochenden (Anti)-Heldin mit biografischen Brüchen mit Leben füllen, der/die auch eine/r »von uns« sein könnte.

Phil Taylor ist ein Paradebeispiel dafür, auch wenn er in seiner unvergleichlichen Karriere konsequent darauf hingearbeitet hat, Darts aus der Kneipenecke heraus auf die große Bühne zu holen. Wie der drei Jahre ältere Eric Bristow war Taylor ein früher Schulabgänger, der in seiner Heimatstadt Stoke-on-Trent, einer englischen Darts-Hochburg auf halber Strecke zwischen Birmingham und Manchester, jahrelang als Dreher in einer Fabrik zur Herstellung von Bettpfosten, Zapfhähnen, Toilettenpapiergriffen, Möbelrollen und Isolatoren für Strommasten gearbeitet hatte, bevor sich sein Leben innerhalb eines Jahrzehnts radikal veränderte – und er zum Star wurde. Über seine Startchancen schrieb er in seiner Autobiografie, die den Titel seines Spitznamens *The Power* trägt: »Ich wurde am 13. August 1960 in eine Welt der Armut und Not hineingeboren, die man nur durch Humor und die Hilfe guter Nachbarn ertragen konnte.«

Der Gemeinschaftsort der notorisch klammen Arbeiterklasse war in Großbritannien seit jeher der Pub, und dort hing in der Regel auch mindestens ein Board mit Pfeilen zur kostenlosen Nutzung. Wie der Historiker Patrick Chaplin nachgezeichnet hat, förderten die britischen Pub-Betreiber mit Unterstützung der großen Brauereien seit dem frühen 20. Jahrhundert gezielt die Ausbreitung des Darts, um ihre Kundschaft bei Laune zu halten und von der Abwanderung in konkurrierende Freizeiteinrichtungen abzuhalten. In die Pubs der »Staffordshire Potteries« – so die Bezeichnung für die Keramikindustrieregion der sechs zur Stadt Stoke-on-Trent zusammengefassten Gemeinden Burslem, Fenton, Hanley, Longton, Tunstall und Stoke – folgte der junge Phil Taylor seinem Vater Doug bereits in den späten 1960er Jahren und stellte dort sein außergewöhnliches Talent unter Beweis. Doch erst mit Ende zwanzig konnte er daraus Kapital schlagen, nachdem er mehrmals in Eric Bristows Dartkneipe aufgeschlagen war: »weil sie um die Ecke lag«, so Taylor, »und die Preise vernünftig waren«.

Bristow war in der zweiten Hälfte der 1980er Jahre, als er auf Taylor traf, bereits fünffacher Weltmeister und eine lebende Legende des Sports: »ein arroganter Sprücheklopfer« – so der Kommentator und deutsche Darts-Papst Elmar Paulke –, »der beim Wurf den kleinen Finger zur Seite streckte, wie vornehme Engländerinnen es tun, wenn sie ihre Teetasse halten«. In dieser Pose hielt er zudem immer eine angezündete Kippe in der linken Hand. 1979 war »The Crafty Cockney«, so Bristows Spitzname, von London nach Stoke-on-Trent übergesiedelt, wo seit diesem Jahr die Weltmeisterschaft (erst die zweite überhaupt) ausgetragen wurde. »Es war ungefähr so«, kommentierte Taylor rückblickend die Ankunft seines berüchtigten neuen Nachbarn, »als wäre Jesus aus dem Heiligen Land nach Milton Keynes gezogen.« In seiner Kneipe beobachtete Bristow jedoch mit eigenen Augen, dass es eher Taylor war, der im Darts über Wasser gehen konnte, und nahm den Lokalmatador Ende der 1980er Jahre unter seine Fittiche, indem er ihm einen Kredit von 10 000 Pfund Sterling anbot, damit dieser sich fortan allein aufs professionelle Pfeilwerfen konzentrieren konnte. Vor seiner richtungsweisenden Entscheidung habe er sich nochmal das Leben seiner Kollegen in der Fabrik vor Augen geführt, so

Taylor: »Da gab es noch sechs weitere Dreher, von denen der jüngste fünfzig Jahre alt war. Ich ende wie die, dachte ich. Ich will raus. Die Jungs bei der Arbeit glaubten, ich sei verrückt geworden.«

Taylors Schritt, seinen Job an den Nagel zu hängen und künftig das ganze Jahr über auf schlechtdotierten Turnieren mühsam Preisgelder zusammenzukratzen, war tatsächlich mindestens waghalsig, wenn man bedenkt, dass er seine überschaubaren Einnahmen bis zur Tilgung des Kredits mit Bristow teilen musste. Außerdem begab er sich damit in die einstweilen ungemütliche Abhängigkeit von einem Mann mit überzogenen Sekundärtugenden: »Eric hat mich unsere Vereinbarung nie vergessen lassen. Wenn ich während eines Turniers mit meinen Kumpels irgendwo gemütlich saß und ein Bier trank, rief er quer durch den Raum: ›Beweg deinen Arsch und fang an zu trainieren, Taylor, du schuldest mir noch Tausende.‹ Das war sehr erniedrigend, aber ich ging zum Training. Wenn ich ihn anrief und sagte, dass ich in einem Halbfinale verloren hatte, antwortete er, ich solle zurückrufen, wenn ich ein Finale gewonnen hätte. In dieser Hinsicht ähnelte er meinem Vater, der immer schimpfte, wenn ich als Teenager eine Trainingseinheit verpasste. Das war zwar empathielos, aber es machte mich zu einem Gewinner.« Als der siebenundfünfzigjährige Taylor nach der Weltmeisterschaft 2018 nach dreißig Jahren seine Karriere beendete, hatte er mehr als zweihundert Profi-Turniere gewonnen, davon sechzehn Mal den WM-Titel, und war Multimillionär.

Bis man mit Darts zu solchem Wohlstand gelangen konnte, war ein weiter Weg zurückzulegen. Seinen ersten großen Professionalisierungsschub erlebte der Sport überhaupt erst mit der Gründung der British Darts Organisation (BDO) im Jahr 1973. Der Verband vereinigte den gesamten Spielbetrieb in Großbritannien von der obersten Spielklasse bis hinunter zu den Pub-Ligen unter einem Dach und etablierte eine professionelle Turnierserie mit international offener Rangliste. 1978 wurde in Nottingham die erste Darts-Weltmeisterschaft ausgetragen, im Fernsehen übertrug die BBC. Das rein englische WM-Finale 1983 zwischen Keith Deller und Eric Bristow, das der junge Debütant Deller im Entscheidungs-Leg sensationell für sich entscheiden konnte, verfolgten acht bis zwölf Millionen Briten live vor dem Fernseher. Ein goldenes Zeitalter schien angebrochen, doch der Boom hielt nur wenige Jahre an. Ende der 1980er Jahre stürzte Darts durch einen plötzlichen Image-Einbruch innerhalb kürzester Zeit in eine Krise. Waren es ein Jahr zuvor noch satte vierzehn Turniere gewesen, übertrug die BBC 1989 nur noch die Weltmeisterschaft, und das Konkurrenzsendernetzwerk ITV stellte die Liveübertragung von Darts-Turnieren ganz ein. Dass sich viele der Profis weiterhin mit kettenrauchenden und dauerbetrunkenen Pub-Stammgästen verwechselten, passte nicht mehr in die Zeit – oder zum Selbstverständnis der britischen Medienwächter gegen Ende der Thatcher-Ära.

Zu oft war es selbst bei TV-Turnieren der BDO in den 1980er Jahren zu Alkoholexzessen der Spieler auf der Bühne gekommen, die umso mehr tranken, je länger ein Match dauerte – bis sie im Extremfall vor der TV-Kamera ihr Gleichgewicht verloren und von der Bühne fielen (wie der Schotte Jocky Wilson unmittelbar nach seiner Niederlage im WM-Halbfinale 1984 gegen den Engländer Dave Whitcombe). Nach der Ausstrahlung eines besonders bissigen Sketches über die vermeintlich einzige Leidenschaft von professionellen Dartspielern in der beliebten englischen Satireserie *Not The Nine O'Clock News* schien das Urteil besiegelt: Darts war durch seine verbandsmäßige Organisation kein Sport geworden, sondern ein Saufgelage geblieben, nur dass dieses mittlerweile vor den Augen der Öffentlichkeit stattfand. Zwar verbot der Verband Ende 1988 das Rauchen und den Konsum von Alkohol auf der Bühne, doch das britische Fernsehen hatte seinen Entschluss zum Ausstieg bereits gefällt. Der BDO brachen die Werbeeinnahmen weg, und Darts drohte in die Nische zurückzukehren, aus der es in den zehn davorliegenden Jahren herausgekrochen war.

Mit der Zukunft hatte die BDO dann auch nichts mehr zu tun. Zum international gefeierten Massenereignis wurde Darts unter der Ägide des Sportpromoters Barry Hearn, seit 2001 Taylors neuer Manager und zugleich Mehrheitseigner der Professional Darts Corporation (PDC), die die besten Spieler für sich gewinnen konnte und damit den alten Verband in die Bedeutungslosigkeit schickte. Hearn war mit Snooker um den Topstar Steve Davis zuvor schon einmal das Kunststück gelungen, einen Kneipensport zu einem Massenspektakel zu machen. Seine Kontakte zu Sky Sports, ITV und diversen Sponsoren waren für das professionelle Darts unbezahlbar. Sky Sports hatte für die von ihm übertragenen TV-Turniere früh auf individuellen Walk-on-Songs für alle Spieler bestanden und diese – analog zum Boxen oder Wrestling – dazu angehalten, ihre Selbstvermarktung durch die Auswahl eines griffigen *nom de guerre* und einen unverkennbaren Auftritt auf der Bühne voranzutreiben: als Partyclown, Proll, Punk, Macker oder klassischer Gentleman, die einen derb unsympathisch, die anderen angenehm selbstironisch.

Eine der schillerndsten Figuren des aktuellen Darts-Zirkus ist der zweimalige Weltmeister und Publikumsliebling Peter »Snakebite« Wright aus Schottland, der bei jedem seiner TV-Auftritte ein anderes farblich markantes Outfit trägt, sich passend dazu von seiner Ehefrau Joanne die Haare zu einem gefärbten Irokesenschnitt frisieren lässt und bei seinem Einlauf stets an derselben

Stelle von Pitbulls *Don't stop the party* mit ausgebreiteten Armen vom einen zum anderen Ende der Bühne hüpft. Die Zuschauer lieben es. Bevor die Profis bei Weltmeisterschaftsauftritten durch Abklatschen mit den anwesenden Fans ihre Walk-Ons zelebrieren, werden sie vom Master of Ceremonies John McDonald (»It's time to meet the players!«) – einer Kopie von Michael Buffer, dem legendären Ansager beim Boxen (»Let's get ready to rumble!«) – wie Gladiatoren angekündigt.

Mehr als dreißig Jahre nach der ersten Veranstaltung dieses Typs füllen große Darts-Events mittlerweile imposante Hallen in Großbritannien und im restlichen Europa, darüber hinaus gibt es eine World Series mit Wettbewerben in Asien, Australien und Nordamerika. Die PDC-Weltmeisterschaft ist im Jahr 2007 von der übersichtlichen Circus Tavern in Purfleet, Essex, in den Alexandra Palace (»Ally Pally«) im Londoner Norden umgezogen, ein ebenso in spätviktorianischem Glanz erstrahlendes Gebäude wie die Winter Gardens im Badeort Blackpool, wo mit dem World Matchplay jeden Sommer das zweitwichtigste Darts-Turnier des Jahres stattfindet. Der Empress Ballroom ist eine der elegantesten Veranstaltungsstätten des Vereinigten Königreichs, übertroffen vielleicht nur von der Royal Albert Hall. In dem früheren Ballsaal treffen sich die Delegierten der drei traditionsreichsten englischen Parteien (Labour, Tories und Liberal Democrats) normalerweise zu ihren jährlichen Konferenzen, seit 1994 rückt jeden Juli aber auch die internationale Darts-Gemeinde an.

Für Phil Taylor war der Auftritt im Empress Ballroom, dem »besten Darts-Spielort der Welt«, stets das Highlight der Saison: »Die Arena sieht aus wie das Mailänder Opernhaus mit einem Hauch von Lenins Grabmal als Zugabe. Die Balkone verschwinden unter einem Rokokodach, für dessen Bemalung Leonardo da Vinci und seine Helfer ein Jahr gebraucht hätten. Es ist in einen Regenbogen wechselnder Farben getaucht. Wenn 2500 begeisterte Fans anfangen zu schreien und *I've Got the Power* von KLM [Taylors Walk-on-Song] erklingt, ist die Atmosphäre unglaublich. Die Spieler laufen durch eine Menge aufgedrehter Leute in reizendem Aufzug, die das Dartspiel als Teil ihres Blackpool-Urlaubs betrachten.« Raus aus der Kneipe, rauf auf die Bühne, dazu eine fulminante Lichtshow und euphorisierende Popmusik – auch in Deutschland traten die Spieler der nach wie vor britisch dominierten internationalen Profi-Szene im Jahr 2024 in Berlin, München, Riesa, Sindelfingen, Kiel, Leverkusen und Hildesheim auf großen TV-Bühnen gegeneinander an. Und sobald die Deutschen ihren Boris des Darts bekommen, etwa durch den Gewinn eines Weltmeistertitels, dürfte auch hierzulande ein noch größerer Boom folgen.

Ein bekanntes Sprichwort besagt: Man kann die Pferde zur Tränke führen, saufen müssen sie selbst. Darts-Fans sind in diesem Sinne willfährige Pferde. Die starke Nachfrage nach dem Produkt, das Sky Sports, Barry Hearn und Phil Taylor geschaffen haben, erklärt sich hauptsächlich aus einer massentauglichen Feierkultur, die sportartübergreifend nur beim Darts gelebt werden kann: einer Mischung aus Oktoberfest und Kneipen-Silvester. Das Live-Publikum in der Halle trägt schräge bis schlüpfrige Kostüme – Männer kommen als Frauen, Frauen als Männer verkleidet, neben Super Mario trifft man auf Queen Elizabeth, Freddie Mercury stößt mit Matrosen oder Doppelgängern der bekanntesten Darts-Stars an, die für die Kamera Schilder mit witzigen Botschaften in die Höhe strecken. Die Fans sitzen auf Bierbänken oder weiter hinten auf den billigeren Tribünenplätzen, trinken sich im Lauf der Nachmittags- oder Abendsessions glücklich und grölen während der Matches lautstark ihre Gesänge. Zusammen feiern Zuschauer, Spieler und Organisatoren beim Darts eine proletarische Lebensform, die sich explizit von den Gepflogenheiten der Upper Class und der neuen postmateriellen Mittelschicht absetzt.

Damit der Funke im heimischen Wohnzimmer überspringt, schlüpfen die TV-Kommentatoren in ihren Übertragungskabinen in die Rolle zielgruppenaffiner Sprachartisten. In Großbritannien erarbeitete sich Sid Waddell – der Ghostwriter von Phil Taylors Autobiografie – mit seinen markigen Sprüchen über Jahrzehnte den Ruf als »The Voice of Darts«, nach seinem Tod 2012 wurde sogar die WM-Trophäe nach ihm benannt. Genauso untrennbar ist die wachsende Popularität des Darts in Deutschland mit der Stimme Elmar Paulkes verbunden. Seine spannungserzeugende, mit heiserem Timbre vorgetragene Pfeilwurfexegese lässt sich aktuell am ehesten mit der pointierten Metaphernakrobatik des Fußballkommentators Wolff-Christoph Fuss (»Vor dem Real-Sechzehner ist es so eng, da müssen die Bayern langsam mal ne zweite Kasse aufmachen«) vergleichen – ähnlich eindringlich, wenngleich eine Nuance vulgärer als Marcel Reifs emotionale Spielpoesie in den 1990er und 2000er Jahren.

Jede gute Party setzt ein Partyvolk mit geteilter Lebenswelt voraus. Dieses eherne Gesetz der kollektiven Herstellung von Ausgelassenheit gilt bei TV-Events im Darts ganz besonders: Hier ist das Publikum mehr als in anderen Sportarten ein soziokulturell homogenes Spiegelbild der neuen Stars, die sichtlich unverhofft auf der großen Bühne gelandet sind. Es wirkt, als kämen sie direkt aus der Stammkneipe von nebenan. Hinter dem feuchtfröhlichen Setting, den comicartigen Spitznamen und mainstreamigen Walk-on-Songs verbirgt sich immer auch der Wunsch der gesamten Darts-Gemeinde, sich für eine gewisse Zeit auf genau diese prollige Weise aus dem Reich der

Notwendigkeit ins Reich der Freiheit zu verabschieden: aus dem Maschinen-
raum der Gesellschaft in die Kneipe oder in deren überdimensionierte Kopie,
den »Ally Pally«. Der alljährliche Gassenhauer der Fans bei Weltmeisterschaften lautet zu vorgerückter Stunde entsprechend: »Don't take me home,
please don't take me home. I just don't wanna go to work, I wanna stay here
and drink all ya beer! Please don't, please don't take me home!« Aber als gute
Arbeiter oder Handwerker tun sie am Ende doch, was sie tun müssen, und
erscheinen am nächsten Morgen verkatert im Betrieb.

Es ist aus diesem Grund sehr aufschlussreich, wie Darts in Form einer fik-
tionalen Fernsehserie zuletzt auch in die bundesdeutsche Populärkultur vor-
drang. *Die Wespe* (2021–23) handelt von dem abgehalfterten Berliner Darts-
Profi Eddi Frotzke, einem ehemaligen zweifachen deutschen Meister, der es
mit Anfang fünfzig noch einmal allen zeigen will, stattdessen aber eine Reihe
privater Rückschläge erlebt und nach einem Knastaufenthalt als Hilfsarbeiter
im industriellen Fleischwarenbetrieb seines einstigen Zöglings Kevin landet.
Zwar erfährt man in der Serie nicht viel über Darts, erhält aber eine bis ins
letzte Klischee ausgereizte Beschreibung seiner Klientel.

Von der erfundenen »Wespe« Eddi Frotzke ist der Weg zu einer realen, ge-
brochenen Figur wie dem ehemaligen Postboten und fünffachen Darts-Welt-
meister Raymond van Barneveld nicht weit. »Barney«, so sein lakonischer
Spitzname, wurde nach seinem Karriereende depressiv, musste aber kurze
Zeit später auf die Tour zurückkehren, weil sich sein Vermögen laut eigener
Aussage wegen der Scheidung von seiner Ehefrau Silvia um mehr als fünfzig Prozent verringert hatte. Obwohl van Barneveld der Weltspitze mit Ende
fünfzig nur noch hinterherwirft, kann er weiterhin auf die treueste Gefolg-
schaft im Darts-Zirkus zählen: die »Barney Army«, die ihm geschlossen in
Oranje zu seinen Auftritten in ganz Europa folgt. Völlig undenkbar, dass etwa
ein Milliardärssohn eine Darts-Karriere anstrebte und in einem wichtigen
TV-Match vor vollem Haus zu ABBAs *Money, Money, Money* auf die Bühne
stolzierte. (Im Tennis traten im Damen-Halbfinale der US Open 2024 hingegen erstmals wie selbstverständlich zwei Milliardärstöchter gegeneinander
an.) Im »Golfsport der Arbeiterklasse« wird nicht vergessen, woher man
kommt.

Die offensichtlichste Kehrseite dieser verklärten Gemeinschaft aus
bescheidenen und ehrlichen Arbeitern mit weichem emotionalem Kern ist
der Mangel an Frauen auf der Bühne, wenn man einmal von den aus der
Zeit gefallenen Showgirls bei den Live-Übertragungen der Weltmeisterschaft
absieht. Wie sehr Darts bisher überwiegend eine Männerangelegenheit
war, verdeutlicht eine weitere Passage aus Taylors Biografie, obwohl man
fairerweise hinzufügen muss, dass das Buch mittlerweile über zwanzig Jahre

alt ist: »Im Allgemeinen denke ich, dass die Damen den Dartsport nicht so ernst nehmen wie die Herren«, lässt Phil Taylor da verlauten, um diese Professionalisierungslücke sogleich anhand einer Fetischisierung des männlichen Ernährermodells zu erklären: »Das liegt zum einen daran, dass sie nicht Woche für Woche gegeneinander antreten, und zum anderen an ihren familiären und häuslichen Verpflichtungen.« Einen ersten Vorgeschmack auf das, was im Darts eigentlich möglich sein könnte, lieferte die WM von 2020, als die junge Frisörin Fallon Sherrock mit dem für Österreich antretenden Serben Mensur Suljović einen gesetzten Spieler aus dem Turnier warf und in die dritte Runde einzog. Vorher hatte Sherrock als erste Frau überhaupt ein Spiel bei der prinzipiell geschlechteroffenen PDC-Weltmeisterschaft gewonnen und war in der britischen Presse daraufhin zur »Queen of the Palace« gekrönt worden. Doch obwohl Darts für einen gleichen Kampf der Geschlechter geradezu prädestiniert ist, weil die physische Konstitution der Spielerinnen und Spieler – etwa ihre Muskelkraft – in diesem Präzisionssport keine tragende Rolle spielt, herrscht die aus der Kneipe bekannte ungleiche Verteilung von Männern und Frauen auch im Dartsport vor.

In einer anderen Hinsicht sind Fallon Sherrocks unerwartete Siege über zwei vermeintlich überlegene männliche Spieler bei der WM allerdings durchaus charakteristisch für den Sport: Denn Darts ist (fast) immer Drama. Die Interaktionen zwischen den Protagonisten und zwischen ihnen und dem Publikum werden in wichtigen Bühnen-Matches regelmäßig spielentscheidend. Nervenschlachten, Kompletteinbrüche, daraus folgende Tragödien – im Darts an der Tagesordnung. Der K.O.-Modus der Turniere trägt seinen Teil dazu bei, genauso die simple Tatsache, dass der letzte Pfeil immer erst im passenden kleinen Doppelfeld oder im Bull's Eye landen muss, bevor man sich Sieger nennen darf. Es gibt im Darts keine taktische Neutralisierung oder Ergebnisverwaltung wie im Fußball. Hatte Sherrocks Gegner Suljović vor dem Match buchstäblich die Hosen voll, weil es für ihn besonders demütigend gewesen wäre, gegen eine Frau zu verlieren? Warum hat er auf der Bühne so stark geschwitzt, während die sympathisch-zurückhaltende Sherrock wie ein Fels in der Brandung am Oche (an der Abwurflinie) stand? Welchen Einfluss hatte das parteiische Publikum im »Ally Pally« auf die Performance beider Spieler – hat Suljović darunter gelitten, Sherrock es genossen? Wer im Darts ein wichtiges Match oder gar ein Turnier gewinnen möchte, muss im entscheidenden Moment supercool bleiben, auch wenn Tausende Zuschauer dazwischenbrüllen. Dabei zuzusehen ist manchmal gar nicht auszuhalten.

Zumindest nicht für mich. Deshalb werde ich das zweite Halbfinale der Weltmeisterschaft von 2018, mein persönliches Erweckungserlebnis, auch nie vergessen, die unfassbare Schlussphase mit der einzigartigen Atmosphäre im Londoner »Ally Pally«, die sich nahtlos auf die Kneipe übertrug, in der ich zusah, den »Biermichel«. Alles wurde in diesem magischen Moment identisch, wurde eins, Kneipeninsassen in Berlin, Hallenpublikum und Spieler der Darts-WM. An die erste Halbfinalpartie zwischen dem jungen Herausforderer Jamie Lewis aus Wales und Phil Taylor kann ich mich überhaupt nicht mehr erinnern, wahrscheinlich habe ich mich einfach irgendwann vom Bildschirm abgewandt, weil es zu bitter war, mitanzusehen, wie der siebenundfünfzigjährige Routinier mit dem überforderten Youngster kurzen Prozess machte. Der in die Jahre gekommene größte Dartspieler aller Zeiten würde im letzten Match seiner Karriere also noch einmal im Finale der Weltmeisterschaft stehen: Schon das war eine unglaubliche Geschichte. Aber wer würde sein Gegner sein? Für die Buchmacher eine einfache Frage. Im zweiten Halbfinale trat der haushohe Favorit des Turniers, der Weltranglistenerste und amtierende Weltmeister Michael van Gerwen aus Den Haag in den Niederlanden, gegen den bei seiner ersten Weltmeisterschaft völlig unbekümmert aufspielenden englischen Shootingstar Rob Cross aus Hastings an: »Mighty Mike« gegen »Voltage«.

Rückblickend gilt das zweite Weltmeisterschaftshalbfinale von 2018 in Fan-Kreisen als eines der spannendsten Matches in der Darts-Historie. Van Gerwen gegen Cross endete in einem Nervenkrieg in der Crunchtime, als beide Spieler trotz ihres teils beachtlichen Power-Scorings von einer der schwersten Seuchen im Darts heimgesucht wurden: Double Trouble. Die beiden Kontrahenten ließen reihenweise Chancen aus, den Sack mit dem finalen Wurf auf die Doppelfelder zuzumachen. Elmar Paulke kurz vor Ende der Partie: »Sie bekommen beide den Deckel nicht drauf!«

Als van Gerwen schließlich davonzuziehen drohte, griffen die Fans in der Halle zum äußersten Mittel psychologischer Kriegsführung, um den englischen Herausforderer ins Match zurückzuholen – mit Erfolg. Sobald »Mighty Mike« in der entscheidenden Phase eines Legs ans Oche trat, kam es zu einem gellenden Pfeifkonzert, das von den obligatorischen Jubelschreien abgelöst wurde, wenn der Niederländer die wichtigen Doppelfelder verfehlte. Aber auch der Engländer hatte Angst vor der eigenen Courage. Cross schien zu dämmern, dass er eine wirkliche Chance hatte, bei seiner ersten Weltmeisterschaft ins Finale einzuziehen, gegen sein Idol, den unerreichbaren Phil Taylor in dessen letztem Match. Das »sudden death leg«, das bei einem WM-Match seltene letztmögliche Leg, musste schließlich alles entscheiden. Es kam, wie es sich jeder Darts-Romantiker nur träumen konnte: Cross gewann.

Michael van Gerwen ist zwar gelernter Fliesenleger, hat seinen Beruf aber nie länger ausgeübt, weil er im Darts zu schnell Erfolg hatte. Er ist der Vorreiter einer neuen Spielergeneration, die den Sport vom Jugendalter an professionell betreibt. »Auch wenn es bis heute vereinzelt Spieler aus den Top 30 gibt, die weiterhin parallel ihrem Job nachgehen«, schreibt Elmar Paulke zu dieser Entwicklung, habe die Ausweitung des Turniersystems der PDC seit Mitte der 2000er Jahre dazu geführt, »dass sich Spieler verstärkt für eine Profikarriere entschieden«. Dadurch wurde das Teilnehmerfeld bei Weltmeisterschaften und anderen Major-Turnieren immer ausgeglichener und hochklassiger; Alleinherrscher wie Taylor, die Darts jahrzehntelang dominierten, sind heute nahezu ausgeschlossen. Andererseits: Neue Stars wie Luke »Cool Hand« Humphries oder der aktuelle Weltmeister Luke »The Nuke« Littler ragen phasenweise beängstigend aus der Spitze heraus. Gerade um Littler kündigt sich ein Superstardom an, das dieser Sport so bislang nicht gekannt hat, selbst zu Taylors Zeiten nicht. Doch welche Geschichten kann ein gerade erst Achtzehnjähriger uns erzählen: direkt von der Schulbank zur Sid Waddell Trophy?

Es ist unwahrscheinlich, dass in naher Zukunft die Bierbäuche von der Tour verschwinden, aber die klassischen Arbeiterberufe könnten, wie Paulke andeutet, im Zuge der Kommerzialisierung des Darts tatsächlich bald der Vergangenheit angehören – genauso wie sein identifikationswilliges Trägermilieu, das nach den ganz besonderen Geschichten lechzt. Wahrscheinlich bin ich vor einigen Jahren, als ich mich in diesen Sport verliebte, selbst einer der letzten großen Darts-Romanzen unserer Zeit auf den Leim gegangen. Rob Cross' Spitzname »Voltage« kommt daher, dass er bis in seine späten Zwanziger als Elektriker gearbeitet hatte. Erst im Jahr seines Durchbruchs 2017 erhielt er die Tour Card der PDC, gleich bei seiner ersten WM stand er im Finale. Die englischen Fans glaubten, in Cross einen Wiedergänger Phil Taylors zu erkennen, der Ende der 1980er Jahre im gleichen Alter den Profizirkus im Sturm erobert hatte: direkt aus der Fabrik heraus. Am Abend des 1. Januar 2018 kam es zum Wunschfinale: Altmeister gegen Shootingstar, Fabrikarbeiter gegen Handwerker, Stoke-on-Trent gegen Hastings, England gegen England. Cross gewann klar, erster WM-Titel bei der ersten Weltmeisterschaft, wie Taylor 1990. Spannung? Fehlanzeige. Aber das war allen egal, schließlich ging es darum, der würdevollen Abdankung von »The Power« beizuwohnen. Doch das kommerzialisierte Darts, das seinen Weg nicht zuletzt dank Taylor aus der Kneipe auf die große Bühne gefunden hat, gestattet keine Thronfolge mehr, die den Ursprüngen dieses Kneipensports noch gerecht werden könnte. In einer fernen Zukunft weiß dann vielleicht niemand mehr, dass Darts einmal aus der Kneipe kam, wie der Fußball von der Straße oder vom

Bolzplatz. Barry Hearn hat kürzlich sogar darüber spekuliert, die Weltmeisterschaft irgendwann in Saudi-Arabien austragen zu lassen, sollte der Preis stimmen. Bis es so weit ist: Game On!

TEXT+KRITIK

Zeitschrift für Literatur · Begründet von Heinz Ludwig Arnold · I/25

245
Rainer Malkowski

auch als
eBook

Waldemar Fromm /
Walter Hettche (Hg.)
108 Seiten
€ 28,–
ISBN 978-3-68930-034-0
Januar 2025

Rainer Malkowski

gehört zu den wichtigsten Lyrikern seiner Generation

Er wird oft im Zusammenhang mit der Alltagslyrik der
1970er Jahre erwähnt. Sein Werk reicht jedoch über deren
Programmatik hinaus: »Wahrnehmung als Ereignis«, so
charakterisiert Malkowski selbst seine Poetik. Das Heft
enthält unveröffentlichte Texte, eine Selbstdeutung des
Autors sowie Analysen zum Werk. Die Beiträgerinnen und
Beiträger nähern sich den noch weitgehend unerforschten
Texten durch Motivanalysen an.

et+k
edition text+kritik

fünfzig
jahre

Literatur · Musik · Film

Theaterkolumne

René Pollesch arbeitet hier nicht mehr

Von Ekkehard Knörer

> *Du hattest soviel zu geben, Resilein. /*
> *Marmorkuchen.*
> Fabian Hinrichs

Vor einem Jahr, am 26. Februar 2024, ist René Pollesch, für alle unerwartet, im Alter von einundsechzig Jahren gestorben. Der Schauspieler Fabian Hinrichs, der mit Pollesch gearbeitet hatte, der Pollesch, wie er schrieb, wie kaum einen anderen liebte, verfasste sogleich einen Nachruf in Form eines Briefs, in dem er mit den bereits verfassten Nachrufen und überhaupt mit dem Verfassen schneller Nachrufe haderte. Wie sollen sich, fragte er, die »Gefühlsgedanken« so rasch sortieren: »Warum nicht Nachrufe erst in einem Monat, zwei Monaten, einem Jahr?«[1] Er schrieb dann, es waren zwei Wochen vergangen, gleich noch einen nachrufähnlichen Erinnerungstext, in dem er von der gemeinsamen Arbeit am letzten Stück *ja nichts ist ok* erzählte.[2]

Und warum nicht, der Selbstwiderspruch ist gewiss kein unangemessener Umgang mit dem Tod. Schon der (erste) Text hatte ja mit den beschwörenden Worten geendet: »P. S. Vergesst ihn nicht. Vergesst ihn nicht.«

Das erste Jahr ist vergangen. Vergessen ist Pollesch ganz sicher nicht. Bei den Rückblicken auf das Theaterjahr 2024 steht sein Name ganz oben.[3] Polleschs Tod war, das ist eher noch deutlicher geworden, für das deutsche Theater eine Zäsur. Nicht in erster Linie, aber auch weil damit die Berliner Volksbühne nach der Ära Castorf zum dritten Mal hintereinander vor der Zeit ihren Intendanten verlor. Erst hatte man Chris Dercon, der von der Kunst kam und dem im guten wie im schlechten Sinn provinziellen Volksbühnen-Milieu fremd blieb, aus der Stadt gejagt. Dann führten MeToo-Vorwürfe zum Abschied seines Interims-Nachfolgers Klaus Dörr. Darauf kehrte René Pollesch zurück. Er hatte Dercon, der ihn bei seinem Antritt, so will es die Legende, »weltberühmt« zu machen versprach, dankend abgesagt, ein Exil gesucht und bei der Berliner Konkurrenz am Deutschen Theater gefunden. Nach Dörrs Ende war die Not groß, und Pollesch übernahm die Intendanz der Volksbühne in ei-

1   Fabian Hinrichs, *Wer René Pollesch ist*. In: *Nachtkritik* vom 28. Februar 2024 (www.nacht kritik.de/index.php?option=com_content&view= article&id=23504:fabian-hinrichs-verabschiedet-sich-mit-einem-brief-von-dem-grossen-theater menschen-rene-pollesch&catid=53:portraet-a-profil).

2   Fabian Hinrichs, *Wie es war?* In: *Nachtkritik* vom 11. März 2024 (www.nachtkritik.de/index. php?option=com_content&view=article&id= 23533:proben-mit-pollesch-schauspieler-und-co-

regisseur-fabian-hinrichs-erzaehlt-ueber-seine-theaterarbeit-mit-dem-verstorbenen-autor-und-regisseur-rene-pollesch&catid=53:portraet-a-profil).

3   Exemplarisch *Theaterjahr 2024. Pollesch, Liebe, Sparmaßnahmen. Der Theaterpodcast* vom 11. Dezember 2024 (deutschlandfunkkultur. de/2024-theaterjahr-100.html).

nem in allen Selbsterklärungen als kollektiv deklarierten Projekt.

Das mit dem Kollektiven erwies sich als schwierig. Nicht nur die Strukturen, des Theaters selbst wie der (medialen) Öffentlichkeit, sorgten dafür, dass der Fokus doch sehr stark auf einem Einzigen lag, nämlich dem Intendanten Pollesch, der eben nicht nur Intendant war, und auch nicht nur, wie sein Vor-vor-Vorgänger Frank Castorf, zugleich weiterhin Regisseur; der auch als Intendant im Kollektiv in gewohnt hoher Schlagzahl einfach weiterschrieb und inszenierte. Ständig standen mehrere Pollesch-Inszenierungen auf dem Spielplan, sie waren in manchen Monaten das Einzige, was am Haus verlässlich gut besucht bis ausverkauft war. Man kam, um den »neuen Pollesch« zu sehen, und es gab nicht wenige, die überhaupt nur noch oder wieder ins Theater gingen, um die Sachen von Pollesch zu sehen.

Matthias Dell in seinem Nachruf: »Pollesch hat die Art und Weise verändert, wie wir Theater denken, wie Theater gespielt werden kann.«[4] Das ist einerseits natürlich stark übertrieben, denn selbstverständlich wird, landauf und landab, weiter Theater gespielt – und womöglich sogar gedacht –, das von Pollesch ganz unberührt ist. So wie ja auch noch Theater gespielt wird, das von Piscator oder Brecht unberührt ist. Andererseits war das Pollesch-Theater doch von grundsätzlich eigener Art.

Diedrich Diederichsen, für den Pollesch einer »der an einer Hand abzählbaren maßgeblichen Künstler der Gegenwart«

war,[5] hat es in einer Laudatio so formuliert: »Nein, mir geht es darum, dass es keine Kleinigkeit, keine Marotte, kein bloßes ATTRIBUT des hier geehrten Autors ist, dass er sich als solcher nur im Zusammenhang mit seinen anderen Tätigkeiten und seinen anderen Autoren verstanden wissen will, sondern dass es in seiner Arbeit seit mehr als zehn Jahren um nichts anderes geht, als grundsätzlich die Funktion der einzelnen Beteiligten des arbeitsteiligen Unternehmens Theater neu zu bestimmen: Autorin, Darstellerin, Souffleur, Ensemble, Text, Musik – und so weit ich sehe, hat das seit Ewigkeiten sonst keiner versucht.« Und in der Tat war das Pollesch-Theater immer sofort wiedererkennbar an Spielweise, Sound, Theoriehintergrund; ein Antitheater, das Pop und Film appropriierte, aus persönlichen Idiosynkrasien, Zeitgeist und kollektiver Arbeit in rund zweihundert »Stücken« als eine Art Endlostext und Endlosinszenierung ganz einzigartig zusammengebaut.

Dabei war Pollesch in der Art, wie er Kunst und Person nach außen hin separat hielt, sehr viel mehr als Christoph Schlingensief oder Milo Rau der Vertreter einer fast traditionellen Vorstellung der Trennung von Künstler und Werk. Weder hat er mit Aktionen in die Öffentlichkeit zu intervenieren versucht, noch war über sein Privatleben öffentlich viel bekannt.

4 Matthias Dell, *René Pollesch (1962–2024)*. In: *Cargo online* vom 27. Februar 2024 (cargo-film. de/anderes-kino/theater/rene-pollesch/).

5 Diedrich Diederichsen, *Schöne Körper, Katharsis, Musik. Eine Rede auf René Pollesch, einen maßgeblichen Künstler*. In: *Theater heute Jahrbuch 2012* (der-theaterverlag.de/theater-heute/ aktuelles-heft?tx_bgparticle_bgpmagazine%5Bacti on%5D=addArticle&tx_bgparticle_bgpmagazine%5 Barticle%5D=12328&type=999&cHash=03957c35a 90d47eb6c9217514ceb92e2).

Interviews waren selten, Offenbarungen enthielten sie nicht. Was er zu sagen hatte, sagte Pollesch in seinen Texten, die seismografisch auf die Gegenwart, und in der Gegenwart auf einen medial immer schon vermittelten Alltag reagierten, den autofiktionalen Kurzschluss von persönlichem Leben und gesellschaftlich Relevantem aber vermieden. Pollesch war auf Twitter und Instagram zwar vertreten, aber vor allem in den Aggregatzuständen »banal« und »enigmatisch«. Während Schlingensief seinen Beuys-Leitspruch »Zeige deine Wunde« bis an den Rand seines Todes persönlich performte, lautete Polleschs viertletzter Tweet (vom 15. Februar 2024) »In jede Wunde eine Tablette«. Niemand außerhalb des engsten Kreises hat das jedoch mit einer scheinbar gut überstandenen Herz-OP in Verbindung gebracht.

Auf dem Weg zum Pollesch-Theater

Wie sehr in den Texten, die in aller Regel als eigenwillige Übertragungen von Theorie in Pop-Sound genommen wurden, auch Autobiografisches lesbar gewesen wäre, hat den meisten erst nach seinem Tod so richtig gedämmert, und zwar bei der Lektüre der erwähnten emphatischen Erinnerungen von Fabian Hinrichs. Aus denen man Sachen wie diese erfuhr: »René Pollesch wurde geboren in einem hessischen Kaff als Sohn eines Schul-Hausmeisters und einer Hausfrau, eine schwierige Kindheit, er schrieb als Kind nach Schulschluss am Fenster eines Klassenzimmers dieser Schule die ersten Texte in eine Schreibmaschine, er wurde in Ludwigshafen zum ersten Mal bewusstlos geschlagen, weil er schwul war, er kümmerte sich um kriminelle Boxer, um Menschen, die in Zehdenick an Schleu-

sen standen und angelten, um Menschen, die er liebte. Er half ihnen allen, er half damit nachträglich sich selbst, im vollen Bewusstsein, dass das gar nicht geht.« So viel Biografie wie nach seinem Tod war zuvor nie gewesen. Die Abwehr biografischer Reduktionen ist einer der zentralen Reflexe von Polleschs Texten. Aber natürlich gehört zum Gewordensein eines Werks auch ein Werden.

Pollesch kam, wie von Hinrichs beschrieben, aus familiären und sozialen Verhältnissen, in denen seine Arbeit in der Theater-AG des Gymnasiums, das er besuchte, so wenig auf Verständnis stieß wie die Tatsache, dass er schwul war. Durch einen vor allem der räumlichen Nähe geschuldeten Zufall war er dann als einer von fünfundzwanzig in den ersten Jahrgang des soeben ausgerechnet an der Universität der Nichtweltstadt Gießen gegründeten Studiengangs der Angewandten Theaterwissenschaft geraten. Sehr jung, mit neunzehn. Er war zu dem Zeitpunkt mit deutschem Stadttheater in erster Linie aus Frankfurt bekannt, aber mit den Avantgarden der Welt unvertraut. Der neue Studiengang war nach angelsächsischem Vorbild aus der Anglistik der Universität heraus konzipiert worden, und zwar als eine enge und nach akademischen Maßstäben skandalös unseriöse Verbindung von geisteswissenschaftlicher Theorie und einer künstlerischen Praxis, die – was sich als nicht ganz einfach erwies – ans Stadttheater in Gießen angedockt werden sollte.

Zur Beruhigung der Institutionen lief der Gründungsprozess bürokratisch völlig korrekt ab (»Schon bald wurde es dann notwendig, die Arbeitsgruppe in einen ›offiziellen‹ Unterausschuss der ständigen Ausschüsse I, II und III der Universität umzugestalten«).[6] Dass die Sache über alles Erwarten gelang und ungeahnte Freiräume schuf, lag aber vor allem an zwei berufenen Professoren, einer für die Praxis, der andere für die Theorie.

Der eine, Andrzej Wirth, war zwar selbst eher Theoretiker als Praktiker – Stationen seiner eindrucksvollen Biografie: 1927 in Polen geboren, mit Marcel Reich-Ranicki befreundet, in Warschau über Brecht promoviert, zeitweise der Gruppe 47 verbunden, in die USA ausgewandert, Dozent in Stanford, Harvard, Yale und so weiter. Er wurde aber prägend durch genialische Laisser-faire-Attitüde, hinreichende, durch seinen starken Akzent unterstrichene Rätselhaftigkeit (»wir haben nicht verstanden, worüber Wirth sprach, fanden es aber interessant«, René Pollesch) und vor allem seine Verbindungen zu vielen bedeutenden Figuren der internationalen Theater-Avantgarde. Letztere ermöglichten es ihm, Theater- und Performance-Größen wie Richard Foreman, Marina Abramović, Robert Wilson oder den für Pollesch enorm wichtigen New Yorker Autor und Multimedia-Künstler John Jesurun, bekannt für seine stakkatohaft vorgetragenen Texte, semesterweise in das diesen bis dato ganz und gar unbekannte Gießen zu holen, wo sie auf dem Boden der deutschen Universitätsbürokratie mit den Studierenden probierten, tranken und diskutierten und sie inspirierten. Oder auch nicht: Die Hälfte der Studierenden des ersten Jahrgangs sprang ziemlich schnell wieder ab. Pollesch gehörte zu denen, die begeistert waren und

blieben: »René blieb, so wie ich es erinnere, meist in seiner kleinen Wohnung, etwas außerhalb der Stadt, saß am Schreibtisch oder sah sich Videos an.«[7]

Die zweite prägende Figur war Hans-Thies Lehmann, der bei Peter Szondi studiert und sich früh mit französischer Theorie infiziert hatte und seit den achtziger Jahren unschätzbare Arbeit zu ihrer Vermittlung und Durchsetzung im deutschen Raum leistete – unter anderem mit einer beträchtlichen Zahl von Beiträgen im *Merkur*. Seine Anregungskraft ist vielfach bezeugt, wichtige Elemente einer Theorie des Theaters, wie es in Gießen entstand, hat er 1999, da war er längst nach Frankfurt gewechselt, in dem einflussreichen Band mit dem noch viel einflussreicheren Titel *Postdramatisches Theater* zusammengefasst. Er beschrieb darin die von ihm zunächst in Gießen mit vorangetriebene Revolution, deren Kern darin bestand, den über Jahrhunderte dominierenden engen, »Drama« genannten Nexus von vorgegebenem, immer neu zu interpretierendem Dramen-Text, mehr oder minder psychologisch realistisch zu nehmender Figuren-Schauspieler/innen-Körper und ihrer Performance auf der Bühne innerhalb vier imaginär abgeschlossener Wände in seine einzelnen Elemente zu zerlegen und dann tendenziell spielerisch neu zusammenzusetzen.

Die Theorie-Stichwortgeber waren unter anderem Bertolt Brecht und Antonin Artaud – dessen Forderungen nach einem »Theater der Grausamkeit« in der französischen Theorie von Derrida bis Deleuze /

---

6   Herbert Grabes, *Wie die Theaterwissenschaft nach Gießen kam*. In: *Gießener Universitätsblätter*, Nr. 17/1, 1984 (https://jlupub.ub.uni-giessen.de/server/api/core/bitstreams/a1fe3930-e705-4e61-a38f-e750023a0c70/content).

7   Renate Lorenz, *René Pollesch (1962–2024). Obituary*. In: *Texte zur Kunst* vom 2. Mai 2024 (textezurkunst.de/en/articles/rene-pollesch-nachruf-von-renate-lorenz/).

Guattari eine wichtige Rolle spielten, als deren Vermittler und Vertreter Lehmann in seinen Seminaren agierte. Die Absagen an ein Theater der Repräsentation, ein Theater, das Darstellung von Konflikten an die Dramenform band, kamen an. In einem kurz vor seinem eigenen Tod entstandenen Videogespräch würdigt Pollesch seine beiden Lehrer (Wirth starb 2019, Lehmann 2022), denen es vor allem gelungen sei, neben viel umstürzender Theorie und Praxis eine durch nichts zu beugende Form von Eigensinn, Selbstbewusstsein und Chuzpe zu vermitteln: »Wir wollten genauso radikal Theater machen wie die Paradigmen, die sie uns vorgestellt hatten.«[8] Klar schien, dass das im Kontext der deutschen Szenerie, im sehr bürgerlichen Stadttheater als Institution, die ihren Nachwuchs aus den Akademien rekrutierte, aber auch in einer freien Szene, die wenige Spielstätten hatte und aus ganz anderen Richtungen kam, nicht ohne Weiteres möglich sein würde.

Im Ergebnis hat das oft zur Bandenbildung geführt. Zu den prominentesten Abgängern aus Gießen gehören Kollektive, die schon während des Studiums zu entstehen begannen: She She Pop, Rimini Protokoll, Showcase Beat le Mot, Gob Squad. Die meisten, die aus Gießen kamen und als Kollektiv bekannt und erfolgreich wurden, haben ihre Sachen selbst performt. Sie arbeiteten auf sehr unterschiedliche Weise an der Auflösung der Unterscheidbarkeit von Darstellerin und Rolle. Und sie haben, damit verbunden, das Wort, den geschriebenen und gesprochenen Text, aus dem

Zentrum gerückt. Es ging und geht nicht um Text, sondern Performance – das Ergebnis sind keine Stücke, die auch anders aufgeführt und von anderen nachgespielt werden könnten. Andere, Stefan Pucher oder Hans-Werner Kroesinger, haben später durchaus als Regisseure im Stadttheater gearbeitet, dort aber auf ihre Art Wege gesucht, das Dramatische ins Postdramatische zu überführen.

Während des Studiums in Gießen wurden bei den Produktionen in der Regel die Funktionsstellen getauscht, was nur dann wirklich Sinn macht, wenn es eher um Eigenart geht als um Virtuosität eines Könnens. Pollesch war also in diesen Anfängen nicht nur Autor und Regisseur, sondern auch Performer in Texten und Inszenierungen von Kommilitoninnen, besonders prägend auch bei John Jesurun. Und doch fiel er von Anfang an in einer entscheidenden Hinsicht aus diesem Rahmen: Er schrieb, und zwar ohne Unterlass. Zwar gab es am Institut andere schreibende Kommilitonen, am prominentesten: Moritz Rinke. Der aber begriff und begreift sich als Dramatiker, ja Künstler, im traditionellen Verstand. Als jemanden, der Texte schreibt, dramatische Texte mit Rollen, die dann auf einer Bühne von anderen gespielt und inszeniert werden.

Das war nicht der Weg, den Pollesch sich suchte. So emphatisch er Autor war, so wenig interessierte ihn diese Form von Theater, so wenig sah er sich als solitären, autonomen Schreib-Künstler. Das unterscheidet ihn auch von der anderen, im deutschen Sprachraum ziemlich parallel entstehenden und bis heute überaus einflussreichen Linie der Postdramatik, für die vorzugsweise Elfriede Jelinek steht: Texte für das Theater, die sich ebenfalls von

---

8 *René Pollesch über Hans-Thies Lehmann*. Kanal von Greg Liakopoulos, hochgeladen am 6. März 2024 (vimeo.com/919881983).

der klassischen Dramenstruktur und der Portionierung von Sprache auf einzelne Rollen emanzipieren. Im Ergebnis: »Text-flächen«, die den Schauspielern als Performerinnen und den Regisseurinnen viele Freiheiten lassen, aber, weil zur Ausgestaltung auf der Bühne und der Verteilung des Texts auf einzelne Sprecher oft wenig gesagt ist, auch aufnötigen.

Pollesch aber ging es, als Einzigem fast unter den Gießenern, immer um beides, genauer gesagt, alles: die Texte, die er als Autor und »lebende Textmaschine« (Nikola Duric) verfasste; die Art der Performance, die in der Anverwandlung dieser Texte auf Bühnen durch Performer möglich sein könnte; und die Inszenierung, die alles, was zum Theater gehört, also Text, Performance, Bühne und Bühnenbild, Musik, Licht verbindet. Und darum war auch das Pollesch-Theater, so sehr es vom Wort kommt, von Anfang an nicht ohne das Kollektivprinzip Bande (oder, weil eher Pop: das Kollektivprinzip Band) vorstellbar. Mit der wöchentlichen Aufführung durchgeknallter Sitcoms und Genre-Aneignungen mit Titeln wie *Splatterboulevard* oder *Daheimbs* (eine Familienserie) erregte er schon unter den Gießenern große Aufmerksamkeit, ersten Kreuzungen des Trivialen mit von Lehmann angestoßenen Theorielektüren; die unaufhörliche, bis zum Tod kaum ins Stocken gekommene Textproduktion hatte begonnen.

Und auch die ersten Bewegungen Polleschs ins Feld außerhalb des Experimentierraums Gießen waren gleich kollektiv. Renate Lorenz, damals Kommilitonin, heute Künstlerin, erinnert sich: »Weil das, was wir in Gießen entwickelten, nicht kompatibel mit der Theaterwelt draußen zu sein schien, wollten René, Susanne, Ka-

thrin, ich und einige andere ein eigenes Theater gründen. Wir hatten auch schon ein Objekt im Auge, aber niemand von uns brachte letztlich genug unternehmerisches Geschick auf, um diese Idee auch umzusetzen.« Auf andere und ganz unwahrscheinliche Weise schien der Aufbruch für Pollesch dann doch zu gelingen. Gemeinsam mit den Kommilitoninnen Bärbel Maier und Peer Damminger war er in eine andere, die rheinland-pfälzische Provinz, geraten, nach Frankenthal, wo die drei Gießener in einem kleinen Theater namens Montage in der freien Wildbahn umzusetzen versuchten, was ihnen nach dem Studium in Gießen das Richtige schien. Es war nicht der passende Zeitpunkt, nicht der passende Ort, wie sich Maier und Damminger erinnerten: »Wir waren in Frankenthal ja wie Ufos gelandet und es war klar, dass die Stadt sich das mit dem Theater etwas anders vorgestellt hatte. Uns selbst war aber auch klar, dass René eben René war. Wir arbeiteten und lebten mit einem zusammen, den es nur einmal gibt und der am Morgen nach jeder Vorstellung mit einem neuen Text kam, der in die aktuelle Produktion eingearbeitet werden sollte.«[9] Die Frankenthal-Episode währte von 1990 bis 1993, es folgte eine schwierige Zeit für Pollesch: »Ich war arbeitslos und schrieb weiter, konnte aber nirgends inszenieren.«

Der Durchbruch kam in den späten neunziger Jahren. Er findet fördernde Fans in Luzern (die heutige Intendantin der Münchner Kammerspiele Barbara Mundel), am Hamburger Schauspielhaus (Tom Stromberg) oder Göttingen (Werner Feig), er gibt Texte gelegentlich noch in die Hän-

9 Jürgen Berger, *Erkenntnis und Verzweiflung*. In: *Theater heute*, April 2024.

de anderer Regisseure, das wird er danach nur noch unter besonderen Umständen tun. Mit lautem Knall sichtbar wird Pollesch dann am Podewil in Berlin, mit der Trilogie der Arbeitswelt *Heidi Hoh*. Die erste feste Station wird dann die kleine Spielstätte der Volksbühne in Berlin, der Prater, die unter seiner Leitung ihre größte Zeit erlebt, die Titel vieler seiner Texte – *Stadt als Beute, Pablo in der Plusfiliale, Ich schau dir in die Augen, gesellschaftlicher Verblendungszusammenhang!* usw. – werden zu geflügelten Worten.

Die Eigenart von Polleschs Texten, wie sie auf den Bühnen gespielt wurden und wie sie dann auch in Büchern versammelt sind, ist oft beschrieben, ihre singuläre Verbindung von Trivialem und Theorie, ihre Montage in Non-Sequiturs und Wiederholungsschleifen, die Komik, die aus den Kontrasten und ihrer Verbindung entsteht: »Großartig, wie er philosophische Theorien ins Schauspiel einbringt – und das nicht akademisch trocken, sondern mit absolut theatralischen Mitteln, mit Slapstick, Boulevard und Melodram.« So Harald Schmidt, der, da war er noch ein Star, auch einmal in einer Pollesch-Inszenierung mitgespielt hat.

Schmidt war die Ausnahme. Vielleicht auch ein Missverständnis, keine gute Idee. Die besseren Ideen hießen: Christine Große, Nina Kronjäger, Sophie Rois, Kathrin Angerer, Inga Busch, Martin Wuttke. Das Entscheidende daran: kein festes Team, sondern wechselnde Bandkonstellationen. Pollesch nimmt Ideen und Einflüsse auf, Geschichten, die ihm die Schauspielerinnen erzählen, werden, als andere Stimmung, in die Textproduktion integriert. Niemand musste bei Pollesch Texte sprechen, gegen die er sich sträubte. Niemand musste auf eine Weise agieren, die ihr nicht behagte. Pollesch war einerseits der immer wiedererkennbare Autor der Texte und der Regisseur der Inszenierungen, war jedoch nach allem, was man liest, immer bereit, das, was bei den Proben nicht durchging, auch zu verwerfen – im Gegenzug aber auch, zum Beispiel, einer ausufernden Martin-Wuttke-Performance alberner Gangarten den Platz einzuräumen, den sie verdiente (wie in *Fantomas*, dem vorletzten aller Stücke).

Es ist eine Form von Freiheit, die eine entscheidende Voraussetzung oder Kehrseite hat: Nicht jede und jeder kann Pollesch spielen und sprechen, es geht immer auch darum, andere nicht passend zu machen. Trotzdem ist bei einem solchen Prozess wichtig, dass die anderen passen, nicht an einen vorgegebenen Platz, aber doch in den Gesamtzusammenhang dieser jeweiligen Band. Dazu bedarf es weniger eines Könnens als einer Haltung: Sich als Performerin nicht als Figur identifizieren, sondern als oft zugleich virtuose und von der Dichte und Menge überforderte Anverwandlerin von ihr auf den Leib geschriebenem Text. Der aber dadurch noch lange nicht zum Text einer Figur wird, die sich dann hinstellt als solche; eher zu Text, zu dem im Sprechen ein Verhältnis gesucht wird, das sich immer neu konstelliert, aber nie vollständig klärt. Der Text, so Pollesch, »will noch etwas wissen«. Und mit diesem Wissenwollen kommen die, die ihn sprechen, die ihn sich aneignen, ohne je ganz aufhören zu können (und zu wollen), mit ihm zu fremdeln, nie ganz zu Rande. Auf oft höchst eigenwillige und niemals passive Art allerdings, bis dahin, dass manche Schauspielerinnen lange Passagen oder, im Fall von Fabian Hinrichs, ganze Stücke so an sich rissen, dass nur der Begriff der Ko-Autorschaft die Sache noch trifft.

Das ist eine der von Diederichsen diagnostizierten Verschiebungen des Theater-Dispositivs. Eine andere betraf das Bühnenbild (bis zu dessen frühem Tod meist von Bert Neumann), das oft zuerst kam und nicht den Vorgaben der Regie zu folgen hatte, dieser vielmehr Prämissen zur Umsetzung gab. Und die vielen Texthänger, unvermeidbar bei den schwierigen, vor allem anfangs mit ungeheurem Tempo und Druck zu sprechenden, in ihren quasialeatorischen Verschiebungen schwer zu lernenden Texten, führten zu der Konsequenz, dass soufflierende Personen als Mitspielende auf die Bühne geholt wurden und da dann zwischen den Hauptdarstellerinnen nebenperformten. Dazu die Musik, die Film-Clips: eingespielt und abgewürgt, nie zur Untermalung, sondern Unterbrechungen, Beiträge, Abwege eigenen Rechts.

Das Drama, das Polleschs Texte in ihrer kollektiven Inszenierung zur Aufführung bringen, ist dieses oft komödiantische, auf viele Pointen, aber nie zu einem Abschluss gelangende Nicht-zurande-Kommen. Es braucht dafür bei allen Beteiligten ein von Vetorechten gestärktes Grundeinverständnis über die Prämissen des gemeinsamen Tuns, das einen zum kollektiven Anders- und Selbstsein befreit. Was im Gegenzug durchaus auch, wie schon bei Christoph Schlingensief, eine Tendenz zur In-Group und zu Fandom und bei Gegenwind auch zur Wagenburg hat. Nicht gerade groß war Polleschs Lust, sich mit Kritik oder auch nur anderen Positionen diskursiv auseinanderzusetzen – und vor allem in den Jahren der Intendanz waren die kritischen Stimmen immer lauter geworden.

Pollesch after Pollesch

Ein Jahr nach seinem Tod laufen die letzten Pollesch-Inszenierungen an der noch immer intendanzlosen Volksbühne mit großem Erfolg weiter. Aber die im Theater immer virulente Frage, was – außer Erinnerungen, Kritiken und Aufzeichnungen – bleibt, ist in Polleschs Fall besonders interessant. Sein Werk liegt in einer recht einzigartig mittleren Lage zwischen einer Kunst, die mit ihrer Performance für immer vergeht und sich gegen jede Wiederholbarkeit sperrt, und einer Dramatik, die auf Texten basiert, die sich immer neu aufführen lassen. (Dass das bei zeitgenössischen Stücken eher selten passiert, steht auf einem anderen Blatt.)

Nun gibt es bei Pollesch zweifellos Texte, sie sind zum nicht geringen Teil in Büchern gedruckt. Weil diese Texte im konkreten Kontext ihrer Erarbeitung mit den jeweiligen Partnerinnen und Partnern entstanden, weil sie für ihn eher Zeugnis und Halbzeug als aus ihren Kontexten lösbares Stück und damit Vorlage für weitere Aufführungen waren, hat Pollesch die Rechte zur Inszenierung oder Reinszenierung (mit wenigen Ausnahmen) aber nicht freigegeben. Es ist, auch wenn von einer testamentarischen Verfügung nichts bekannt ist, nicht davon auszugehen, dass sich an dieser Rechtslage mit seinem Tod etwas ändert. Pollesch, seine Texte, seine Inszenierungen bleiben dadurch mutmaßlich für immer an ihre Zeit, ihren Kontext und ihren Autor gefesselt.

Entsprechend groß war die Verblüffung, als im Dezember 2024 plötzlich ein neuer Pollesch auf dem Volksbühnen-Spielplan erschien. Titel: *Der Schnittchenkauf*. Der Text war nicht etwa postum erst entdeckt, aber er war auch noch nicht auf dem Theater gespielt worden. Ein an Bertolt Brechts Theorietexte *Dialoge aus dem Messingkauf* sich (recht lose) anlehnende Auseinandersetzung mit dem Theater, eine Folge mehr oder minder kurzer Abschnitte, entstanden als Begleitstück zu einer Pollesch-Ausstellung in der Berliner Galerie Buchholz, aber im Duktus nicht allzu weit von Polleschs Stücktexten entfernt, zudem durchzogen von Themen, die zur Zeit seiner Entstehung 2011/12 auch durch die zur Aufführung gekommenen Pollesch-Texte vagierten: die Liebe, der Widerstand gegen das Verstehen, die vierte Wand im Theater, Details dagegengeschnitten wie etwa die Strumpfnaht der Tallulah-Bankhead-Figur in Hitchcocks Film *Lifeboat*, Donna Haraway und vieles mehr. Und ganz ohne szenisches Vorleben war der Text wiederum nicht, sowohl in der Galerie Buchholz als auch im Münchner Lenbachhaus (also Räumen der Kunst) hatte Pollesch etwas Performatives daraus gemacht – in München einen Spieleabend unter dem Titel *Du hast mir die Pfanne versaut, Du Spiegelei des Terrors!*

In der Volksbühne wurde daraus jedoch ein richtiger Pollesch, ausdrücklich als Uraufführung. Allein, die Position der Regie blieb vakant. Die Darstellerinnen – Kathrin Angerer, Franz Beil, Rosa Lembeck, Milan Peschel, Martin Wuttke – waren mit Ausnahme Rosa Lembecks alte Pollesch-Veteranen, die Volksbühnen- und Pollesch-erfahrene Anna Heesen kam als Dramaturgin dazu. Sechs Personen suchen einen verstorbenen Regisseur, suchen jedenfalls nach einer Möglichkeit, seinen Text ohne ihn einzurichten. Klugerweise nicht als Theorie-Deklamation, denn Polleschs Theater- und sonstige Theorie war

stets epigonaler als die Praxis, in die sie umgesetzt war. Diese Praxis war der Theorie, ähnlich wie im Fall Bertolt Brechts, um die entscheidende Aufhebung in Bühnentextsprechhandlung voraus.

Es war eine Probe also auf das Exempel, ob diese Aufhebung in der Arbeit als Kollektiv auch ohne die als zentral gesetzte Funktion funktioniert. Und die Kritik war sich mehr oder weniger einig: Es war ein Pollesch-Abend »wie in besten Zeiten« (Janis El-Bira). Wie üblich: ein Kampf mit dem, gegen den Text, dessen Duktus und Wiederholungsschleifen- und Sprunghaftigkeit sich am Ende nicht gravierend von dem unterschied, was man aus der Entstehungszeit erinnerte. Wie üblich: Das Ausstellen des Nicht-zurande-Kommens in der distanzierenden Sprech-Behandlung des Texts, insbesondere Franz Beil machte (im Rattenkostüm) eine ganz eigene Show aus der ungläubigen Aneignung und liebenden Nichtaneignung von Polleschs mit spröder Theorie versetzter Sprache. Non sequiturs, durch Penetranz zu Ad-absurdum-Pointen geführt. Alles daran war vertraut.

Am ehesten spürbar war das Datiert-Sein der Themen und der sprachlichen Form des *Schnittchenkaufs*. Gerade im Vergleich mit dem tatsächlich letzten Stück, dem Hinrichs-Solo *ja nichts ist okay*, war das frappierend. Viele der Nachrufe hatten auf die in den letzten Jahren stärker spürbaren autobiografischen Momente der Texte, auf die bei allem Scherz, aller Ironie und allem akuten Bezug auf kapitalistische Gegenwarten doch offener und ernster präsentierte tiefere, ja existenzielle Bedeutung verwiesen. Nicht neu, aber doch klarer herauspräpariert: Fragen nach dem richtigen Leben und Lieben, des Umgangs mit Tod und Verlust, zwischenmenschlicher Nähe und Ferne, die sich am Ende von *ja nichts ist okay* zu einem großen Menschenhaufen verknuddelten, in dem Fabian Hinrichs Halt und Untergang fand.

Unfreiwillig hat die *Schnittchenkauf*-Inszenierung in ihrer großen Treue zu Pollesch aber nicht zuletzt das reproduziert, was als drohendes Klischee ihrer selbst manche Pollesch-Abende zu einer etwas mühsamen Angelegenheit machte. Die Revolution, die das Pollesch-Theater bedeutete, war irgendwann immer auch auf der nicht durchweg erfolgreichen Flucht vor ihrem Erfolg. Zu purer Nostalgie und schierem Sentiment sank das niemals, auch im *Schnittchenkauf* nicht, herab. In dem Maß, in dem kein neuer Impuls darin spürbar war, kein anderer Impuls jedenfalls als der einer finalen Wiederbelebung, war dieser allerletzte Pollesch dann aber doch eine sehr schöne, ja herzerwärmende Leiche.

Städtebau beginnt an der Straße

Von Christian Kühn

Folgt man der biblischen Erzählung im Buch Genesis, beginnt Städtebau mit einem Mord. Kain, der Ackerbauer, erschlägt seinen nomadischen Bruder Abel aus Neid, weil Gott dessen Opfergabe seiner eigenen vorzog. Er wird von Gott verstoßen, übersiedelt ins Land Nod und gründet dort die Stadt Henoch, die erste, von der die Bibel berichtet. Wie eng Ackerbau und Stadt verknüpft sind, vermittelt auch der Gründungsmythos der Stadt Rom: Romulus pflügt mit einem Gespann aus einem schwarzen Stier und einer weißen Kuh eine Furche um das zukünftige Stadtgebiet, die zwischen Sonnenaufgang und Sonnenuntergang vollendet sein muss. Auch dieser Mythos endet blutig. In einer berühmten Variante der Erzählung tötet Romulus seinen jüngeren Bruder Remus, weil dieser über die Furche springt, um ihre Macht zu verhöhnen, und wird dadurch zum alleinigen Namensgeber der Stadt Rom. My-thologisch ist der Begriff der Stadt dunkel grundiert. Wir hätten uns viel erspart, wenn wir Nomaden geblieben wären.

Die Stadt als Infrastruktur

Mythen, Legenden und Erzählungen gehören zur Substanz der Stadt, und sie sind keineswegs weniger wirksam als die Mauern, aus denen sie materiell besteht. Dabei geht es nicht nur um alte Mythen. Auch die aktuelle Stadtplanung ist geprägt von der Spannung zwischen der Stadt als Erzählung und der Stadt als Objekt, oder anders gesagt: der Stadt als Zustand, der im permanenten Wandel vom nächsten Zustand abgelöst wird, und der Stadt als Gegenstand, dessen Substanz Jahrhunderte überdauert.

In Deutschland kulminierte diese Spannung 2014 in einer Debatte, die von einem Manifest mit dem Titel *Stadt zuerst!* ausgelöst wurde, das Kölner Stadtplaner um Wolfgang Sonne und Christoph Mäckler initiiert hatten. »Deutschland war noch nie so wohlhabend, seine Stadträume waren aber noch nie so armselig«, hieß es da trocken, und die Kritik richtete sich vor allem an die Universitäten, an denen man nur noch lerne, ausführlich zum Thema Stadt zu sprechen, aber nicht mehr, wie man eine Straße, geschweige denn einen Stadtteil gestaltet. Der sorgfältige Umgang mit dem städtischen Raum und den Gebäuden, die ihn bilden, werde nicht mehr gelehrt.

Die Antwort kam von einer jüngeren Generation von Planern, die unter dem Titel *100 % Stadt* ein Gegenmanifest verfassten, in dem die Vielfalt der Stadt beschworen wurde, die nur noch durch interdisziplinäre Anstrengung gelenkt werden könne. Eine lebendige Stadt sei eben immer in Bewegung und existiere eigentlich nur im Kopf: Sie bestehe »vor allem aus den Erzählungen der Vergangenheit und den gegenwärtigen Erwartungen an die Zukunft«. Ist diese erzählte Stadt nicht um vieles interessanter als ihre dauerhafte Form aus Ziegel, Stahl und Beton?

Dass es noch eine dritte Stadt gibt, die weder Objekt noch Erzählung ist, blieb bei der heftig und emotional geführten Debatte weitgehend ausgeblendet. Stadt lässt sich auch als gigantische Infrastruktur verstehen, zwischen deren Komponenten ein permanenter Fluss von Energie, Personen und Gütern besteht. Dazu zählen klassische Infrastrukturen wie das Verkehrs-, des Energie- und das Kanalsystem. Auch diese Infrastrukturen bestehen aus Objekten; ihre eigentliche Aufgabe ist es aber, Fließendes zu regulieren, echte Flüsse, die hochwassersicher durch Städte geleitet werden müssen, aber auch Stoff- und Energieflüsse, ohne die eine moderne Stadt nicht lebensfähig wäre. In den 1970er Jahren, als in den USA eine Krise der Infrastruktur ausgerufen wurde, begann man,

den Begriff auf andere Funktionen zu übertragen, etwa auf Schulen und Krankenhäuser, die oft als »soziale Infrastruktur« bezeichnet werden.

Man hoffte, mit dieser Begriffsübertragung auch eine besondere Eigenschaft von Infrastrukturen übernehmen zu können: Infrastrukturen halten sich zwar meist im Unter- oder Hintergrund, gelten aber als unverzichtbar. Das Kanalsystem oder die Wasserversorgung müssen erhalten werden, koste es, was es wolle. Die großangelegten, neoliberalen Privatisierungen von Infrastrukturen der 1980er und 1990er Jahre in Form von Public Private Partnerships hatten das primäre Ziel, dieses Prinzip zu brechen und Infrastrukturen und ihre Leistungen wie jede andere Ware oder Dienstleistung zu behandeln.

Die Begrünung der Städte

Eigentlich bewohnen wir also drei Städte: die Stadt als Objekt, also die Summe der städtischen Räume und der Gebäude, die diese Räume einfassen; die Stadt als Diskurs und Erzählung; und schließlich die Stadt als Infrastruktur. Das Buch *Städtebau beginnt an der Strasse* von Regula Iseli, Peter Jenni und Andreas Jud belegt,[1] dass alle drei Dimensionen gleichermaßen ernstgenommen werden müssen. Das Buch versteht sich als Beitrag zum Städtebaudiskurs der Gegenwart. Sein Fokus liegt dabei auf der Frage, welche Möglichkeiten es gibt, die gerade für verkehrsreiche Stadträume charakteristische Unwirtlichkeit zu vermeiden oder doch wenigstens

---

1 Regula Iseli/Peter Jenni/Andreas Jud, *Städtebau beginnt an der Strasse.* Zürich: Park Books 2024.

zu vermindern. Präsentiert werden die Ergebnisse eines über vier Jahre laufenden Forschungsprojekts am Institut Urban Landscape der Zürcher Hochschule für Angewandte Wissenschaften unter dem Titel *Städtebauliche Entwicklung entlang der Hauptstrassen*, das 2024 abgeschlossen wurde.

Der Band enthält theoretische Texte zum Begriff und zur Geschichte der Straße, Fotoessays ausgewählter Straßenzüge, ein Kapitel mit konkreten Anweisungen für ausgewählte Handlungsfelder, Überlegungen zur Neujustierung von Planungsprozessen sowie ein sehr knappes Schlusskapitel mit Fokus auf aktuellen Planungsergebnissen für städtebauliche Leitbilder. Geografisch beschränkt sich die Untersuchung auf die Schweiz und dabei insbesondere auf den Raum Zürich. Typologisch geht es nicht um breite Boulevards, sondern um gewöhnliche Straßen in Agglomerationsgemeinden mit einer Verkehrsbelastung von rund 10 000 Fahrzeugen pro Tag. Dokumentiert und analysiert werden Quartiersstruktur, öffentlicher Raum, Dimension und Proportion, Mobilität und Erschließung, Bebauung und Nutzung, Grünraum und Ökologie, Wohnangebot und Wohnumfeld.

Als prägend für die Wirkung der Straßenzüge erweisen sich insbesondere die Proportion der Straßenräume und die Gestaltung der Bürgersteige sowie deren mehr oder weniger konsumfreie Nutzung. »Straßen und Bürgersteige«, so wird Jane Jacobs zitiert, »sind die wichtigsten öffentlichen Räume der Stadt. Wenn sie langweilig sind, ist die ganze Stadt langweilig.« Überraschend ist all das nicht, aber es liefert doch eine Anleitung für einen ganzheitlichen Diskurs über Städtebau, der die Kunst der Form- und Raumgestaltung vom Maßstab des Quartiers bis zu den Details der Stadtmöblierung, der Beleuchtung und der akustischen Klangumgebung der Stadt einbezieht.

Überraschend ist dann aber, dass in einem Buch über Städtebau aus dem Jahr 2024 der Klimakrise kein Kapitel gewidmet ist. Allein durch die privilegierte Lage Zürichs ist das nicht zu erklären, hat sich doch auch hier die Anzahl der Hitzetage und Tropennächte in den letzten Jahren massiv erhöht. In vielen Großstädten werden inzwischen mehr Hitze- als Verkehrstote gezählt. Gerade für die Straße als Teil des öffentlichen Raums hat das große Auswirkungen, vor allem in hochverdichteten Städten. Dort ist man bemüht, die Straße wieder zum Aufenthaltsraum zu machen, indem Fahrspuren aufgelassen und dem Fußgängerverkehr zugeschlagen werden. Die große Hitze konterkariert diese Bemühungen allerdings. Das Mittel der Wahl für die Verbesserung des Mikroklimas ist das Pflanzen von Bäumen, das aufgrund zahlreicher Einbauten aber nur gelingen kann, wenn Bepflanzung und Infrastruktur gemeinsam gedacht werden.

Dasselbe gilt für Extremwetterereignisse. Viele kommunale Netze sind nicht mehr fähig, die Wassermengen bei Starkregen aufzunehmen, und in Serie auftretende Hochwasser, die eigentlich nur alle hundert Jahre zu erwarten sein sollten, vernichten Milliarden an Bausubstanz. Auch hier wird die Infrastruktur zur Gestaltungsaufgabe: Retentionsbecken bilden Anlass zu einer lokal angepassten Gestaltung von Wasserflächen und Wassergärten, wie das etwa Kopenhagen exemplarisch vorzeigt. Dort sind bis 2034 über dreihundert Projekte geplant, die der Schaffung einer neuen »Stadtnatur« dienen werden. Die Gestaltung des öffentlichen Raums und die Schaffung technischer Infrastruktur müssen dabei Hand in Hand gehen, um gemeinsam einen neuen Mythos für die Stadt zu erzeugen. Nicht »Zurück zur Natur« im Sinne Rousseaus, sondern »Vorwärts zur Natur« lautet der Appell bei diesem Unternehmen, zu dem es keine Alternative gibt: Eine Steigerung der Lufttemperatur im Jahresschnitt um zwei Grad über dem vorindustriellen Niveau würde die Nahrungsversorgung für große Teile der Menschheit gefährden; eine Steigerung von drei Grad voraussichtlich das Ende unserer Zivilisation einläuten.

Für sich genommen klingen Werte wie zwei oder drei Grad aber immer noch wenig dramatisch. Noch können wir in unseren Breiten den verfrühten Frühling im Februar genießen, wenn auch mit einem mulmigen Gefühl. Das Überschreiten von Temperaturrekorden von 40 oder 50 Grad in Regionen, in denen Mitteleuropäer Urlaub zu machen gewohnt sind, erschreckt jedoch unmittelbar. Wenn solche Temperaturen auch zuhause an einzelnen Tagen auf städtischen Hitzeinseln gemessen werden, ist im wahrsten Sinne des Wortes Feuer unterm Dach.

Letzte Chancen?

Welche Antworten haben Architektur und Freiraumplanung auf diese Herausforderung? So wie es eine Baukunst und eine Gartenkunst gibt, müsste es heute auch eine Schattenkunst geben: Sie verstünde etwas von der richtigen Lage der Baukörper im Stadtgefüge und zueinander, von schattenspendenden Vor- und Rücksprüngen, von Arkaden und von den Möglichkeiten textiler Verschattungen. Die Schattenkunst weiß, welche Baumarten welchen Schatten werfen und wo dieser am besten einzusetzen ist. Dass Schattenkunst und Wasserkunst sich ergänzen, ist offensichtlich und in so gut wie jedem gut gestalteten Park zu beobachten.

Die Begrünung der Städte als Antwort auf die große Hitze ist eines der zentralen Themen der aktuellen Stadtpolitik und Stadtplanung. Auch wenn nicht alle Städte gleich betroffen sind, handelt es sich um eine globale Frage, die zumindest in fortgeschrittenen Industriegesellschaften auch über die Grenzen von Klimazonen hinweg zu ähnlichen Strategien führt. Generell geht es um die Reduktion des Versiegelungsgrads, um die Optimierung der Luftzirkulation, um ein effizientes Wassermanagement, die Begrünung von Fassaden und Dächern sowie das Pflanzen schattenspendender Bäume.

Die anfängliche Euphorie für Fassadenbegrünungen ist einer gewissen Ernüchterung gewichen. Grüne Fassaden sind aufwändig und haben klimatisch einen geringeren Wirkungsgrad als Bäume im Straßenraum. Allerdings kann in den historischen Stadtgebieten auch die Pflanzung von Bäumen durch die zahlreichen Einbauten mit hohem Aufwand verbunden sein. Der Wegfall von Pkw-Stellplätzen durch Baumpflanzungen, der noch vor wenigen Jahren zu heftigen Debatten geführt hat, ist heute erstaunlicherweise kein Thema mehr. Eine Bürgerinitiative für die Erhaltung von Stellplätzen statt Bäumen hätte in den meisten Großstädten Europas heute keinen Zulauf mehr, zu sehr ist die sommerliche Hitze unmittelbar spürbar. Architektur und Stadtplanung, deren Selbstbild traditionell von der Idee ausgeht, die Welt zu verbessern, mussten in den letzten Jahren lernen, sich eher als Teil des Problems zu verstehen. Sie sind wesentliche Mitverursacher der Erderwärmung: Beim Bauen kommen Materialien zum Einsatz, die mit hohem Energieaufwand hergestellt werden. Häuser müssen geheizt und – immer öfter – gekühlt werden. Ihre Haltbarkeit ist begrenzt, und statt recycliert zu werden, landet Bauschutt zum überwiegenden Teil auf der Deponie. Auch der Verkehr ist ein indirekter Effekt von Stadt- und Raumplanung. Je disperser die Siedlungsräume, desto größer die Abhängigkeit vom Individualverkehr. Grob geschätzt sind mindestens 40 Prozent der CO_2-äquivalenten Emissionen dem Bauwesen zuzuordnen.

So wichtig der Beitrag von Architektur und Städtebau für die Reduktion des CO_2-Ausstoßes in die Atmosphäre ist, lässt er sich nicht darauf reduzieren. Jedes Bau- oder Planungsprojekt muss sich die Frage gefallen lassen, welchen Beitrag es zu einem »guten Leben in einer gerechten Gesellschaft« leistet. Diese Frage ist heute besonders brisant, weil die Mechanismen des Klimawandels unsere Vorstellungen von einem guten Leben und von Gerechtigkeit herausfordern. Wenn man die Verantwortung für die Klimakatastrophe an der Gesamtmenge von CO_2 misst, das seit Beginn der industriellen Revolution vor zweihundertfünfzig Jahren in einer Region durch Verbrennung in die Atmosphäre gelangt ist und diese Menge auf die heute dort lebenden Menschen aufteilt, zeigt sich ein beschämendes Bild: Hätte ein Bewohner Äthiopiens ein »Kilogramm Ver-

antwortung« zu tragen, kämen auf einen Inder 23, auf einen Chinesen 95, auf einen Deutschen 400 und auf einen Bewohner der USA 816 Kilogramm. »Climate Justice. Now« lautete folgerichtig der Slogan der Fridays-for-Future-Bewegung.

Wie kann die Vision einer Architektur aussehen, die dieser neuen Ära angemessen ist? Sie wird den Charakter des Vorläufigen, Suspendierten haben müssen, geplant von Menschen, die gelernt haben, die Präzision von Raumfahrtingenieuren mit der Geduld von Gärtnern zu kombinieren. Sie wird globale Ziele mit lokalen Lösungen erreichen müssen, die es den Ländern des globalen Südens ermöglichen, klimaschädliche Entwicklungsstufen zu überspringen und radikal neue Lösungen zu finden, etwa für den Wohnbau. Als ökonomischen Rahmen dafür würde es freilich die Schaffung eines »Climate Club« brauchen, wie ihn der Nobelpreisträger William D. Nordhaus vorgeschlagen hat, der den gesamten Handel mit Volkswirtschaften, die sich keine oder weniger ambitionierte Klimaschutzziele setzen, moderaten Zöllen unterwirft.

Nach den vielen »letzten« Chancen, die scheinbar ungestraft verpasst wurden, könnte mit solchen Lösungen eine geregelte Transformation gelingen. Dass die Chancen dafür schlecht stehen, weil einer der wichtigsten Akteure, die USA, Zölle gerade für ganz andere Ziele instrumentiert, ist offensichtlich. Das Alternativszenario wäre allerdings eine Welt, in der die wichtigsten Gebäude Bunker, Festungen und Konzentrationslager sind.

Bessere Träume mit Kurd Laßwitz

Von Christian Wiebe

»**O**ur greatest dream is to send a spaceship to Uranus«, schrieb Elon Musk am 30. Juni 2024 bei X. Der größte Traum des reichsten Menschen. Und gar der größte Traum von »Uns«, ein majestätisch aufgeplustertes Wir vielleicht oder die mitgemeinten Kollegen von SpaceX oder die freundliche Einladung, einfach mitzuträumen. Elon Musks Träume – und nicht nur sein größter – werden gerne zitiert, und sie sind unbedingt gutes Überschriftenmaterial: »Traum von Elon Musk: Implantate mit Schnittstelle zum menschlichen Gehirn«;[1] schon länger im Gespräch: »Elon Musks Traum vom autonomen Fahren«;[2] politischer wäre: »Elon Musk und der Traum, sich Wählerstimmen kaufen zu können«.[3] Und um den Überblick nicht zu verlieren: »Elon Musk's dream ideas«,[4] ordnete der *Guardian* bereits 2018, damals allein auf Technologie bezogen und ohne einen Gedanken an Trump, die verschiedenen Träume. Jan Wetzel folgend wären die-se wiederkehrenden Träume kein Zufall, sobald über Elon Musk nachgedacht wird. Auf den Punkt bringt Wetzel die Strategie als »Modell Musk, das Surfen an der Grenze von Imagination und Wirklichkeit«.[5]

Demnach gehören die Überschreitungen der Wirklichkeit zu Musks Konzept. Träume und Imaginationen sind zwar nicht dasselbe, aber gehören hier zusammen, als das, was noch nicht realisiert ist, was über die Wirklichkeit hinausragt, zugleich schon einen Platz bekommt, beschrieben, ausgestaltet wird, sich medial manifestiert – über die anderen Träume wissen wir schließlich nichts. Träume sind größer als Imaginationen, da sie an Lebensziele denken lassen, und sie sind kleiner, fast unschuldig, da sie uns widerfahren können, keine Aktivität voraussetzen. Musks Träume wurden vielleicht nie von ihm geträumt, angeblich schläft er ohnehin nicht viel, aber die Wortwahl ist bedenkenswert. Warum nicht Fantasien und Imaginationen? Warum immer wieder Träume?

Überraschend ist, wie eng Traum und Technik bereits in den ersten deutschen Science-Fiction-Texten zusammenhängen. Es wird nicht bloß imaginiert – das ließe sich kaum als Überraschung vermelden –, es wird geträumt. Ein Blick zurück zu Kurd Laßwitz lässt die Verbindung von Traum und Technik hervortreten. Denn in seinen Texten begegnen wir recht beständig träumenden Figuren und innovativer Technik. Kurd Laßwitz, der den richtigen Platz in der Literaturgeschichte noch immer sucht, trotz des Labels »erster deutscher Science-Fiction-Autor«, entwarf vor über hundert Jahren Bilder von

1 *Ärztezeitung* vom 2. Februar 2024 (www.aerzte zeitung.de/Medizin/Der-Traum-von-Elon-Musk-Implantate-mit-Schnittstelle-zum-menschlichen-Gehirn-446728.html).

2 *Auto Bild* vom 11. Juli 2024 (www.autobild.de/artikel/elon-musks-traum-vom-autonomen-fahren-26280049.html).

3 *Salzburger Nachrichten* vom 25. Oktober 2024 (www.sn.at/politik/weltpolitik/kann-us-wahl-167287768).

4 *Guardian* vom 18. Februar 2018 (www.theguardian.com/technology/2018/feb/18/elon-musk-most-ambitious-plans-neuralink-mars-spacex-hyperloop-tesla-gigafactory-flamethrower).

5 Jan Wetzel, *Imaginationen für die Straße.* In: *Merkur*, Nr. 905, Oktober 2024.

weit fortgeschrittenen technologischen Gesellschaften.

1902 erschien erstmals seine Erzählung *Die Fernschule*,[6] die mit einem gewissen Abstand zur Corona-Krise Lesevergnügen bereiten kann. Dort werden im »Fernlehrrealgymnasium« die Schüler mittels »Fernsprecher« und »Fernseher« unterrichtet, was einem digitalen Konferenzsystem ziemlich nahekommt. Ton und Bild werden in Echtzeit übertragen, die Namen der Schüler stehen am Rahmen: »Und nun drücken Sie. Hören Sie, es klingelt. Jetzt erscheint Ihr Bild auch den Schülern, und Sie können mit ihnen sprechen.« Der Unterricht läuft dann ab, wie Fernunterricht nun einmal abläuft: Einige Schüler erscheinen zu spät, haben Ausreden; die Aufgaben wurden nicht gemacht; statt zu lernen, fertigen die Schüler akustische Aufnahmen an, die sie wieder abspielen; und schließlich unterbricht der aufgezeichnete Vortrag des Lehrers, weil seine Frau während der Aufzeichnung fragte, ob er denn abends »Kunstspargel« essen wolle. Alles offenbar vorhersehbare Probleme. Am Ende erwacht der Lehrer Professor Frister aus einem kurzen Schläfchen, siehe da, es war ein Traum.

Diese Auflösung ist einerseits in der Geschichte naheliegend, denn der Protagonist wähnt sich wie aus einem langen Urlaub in die ferne Zeit versetzt, andererseits erscheint sie überflüssig. Wozu diese mehrfache Distanzierung? Fiktionaler Text, Verschieben in die Zukunft und dann auch noch ein Traum? Es ist, als ob die Geschichte möglichst weit von der Wirklich-

keit abgerückt werden müsste. Traum und Science-Fiction lägen ohnehin schon nah beieinander, so Stefanie Kreuzer, die beschrieben hat, wie Traum und Erzählen aufeinander bezogen sind. Sie schließt mit Fokus auf den Film: »Trotz dieser herausgestellten Affinitäten von Traum und Science Fiction sind SF-Filme, in denen Schlaf und besonders Träume oder auch traumähnliche Bewusstseinszustände eine handlungstragende Rolle spielen, selten.«[7] Das erscheint plausibel, da die Wirklichkeit ja nicht mehrfach überschritten zu werden braucht. Träume bei Laßwitz untersucht Kreuzer allerdings nicht – und der geschilderte Traum bleibt erklärungsbedürftig.

In einer anderen Erzählung, *Der Gehirnspiegel*,[8] ist die Distanzierung noch deutlicher, wenn am Ende der Blick des Erzählers auf den Kalender fällt, der den ersten April zeigt. Was er zuvor erlebt, ist spektakulär: Sein Freund präsentiert ihm die Erfindung eines Gehirnspiegels, mit dem es möglich wird, visuelle Vorstellungen direkt aus dem Gehirn heraus, mithilfe eines intensiven Lichts, sichtbar zu machen. Das ist Science-Fiction auf der Höhe der Zeit. Wilhelm Conrad Röntgen erhält 1901 den Nobelpreis für Physik, *Der Gehirnspiegel* erscheint ein Jahr zuvor zum ersten Mal. Die knappe Erläuterung der Technik schließt an physiologisches und technologisches Wissen der Zeit an und wird vom genialen Erfinder selbst vorgetragen. Als die Figuren in der Geschichte schließlich beginnen, von den Möglichkeiten dieser grandiosen Erfindung zu schwärmen – von wissenschaftlichen Erkenntnissen,

---

6 Kurd Laßwitz, *Die Fernschule*. In: Ders., *Nie und Nimmer* [1907]. Hrsg. v. Dieter von Reeken. Lüneburg: DvR 2009.

7 Stefanie Kreuzer, *Traum und Erzählen in Literatur, Film und Kunst*. Paderborn: Fink 2014.

8 In: Kurd Laßwitz, *Nie und nimmer*.

über medizinischen Fortschritt hin zur Kunst, die direkt aus dem Hirn des Künstlers hervorsteigt – und auf eine zeitnahe Veröffentlichung der Erkenntnisse hoffen, bricht die Erzählung als Aprilscherz ab. Traum und Aprilscherz enttäuschen, nicht einmal die Fiktionen können weitergesponnen werden. Es ist eine kalkulierte Enttäuschung, die hart in die Wirklichkeit zurückführt.

Anders die Träume Elon Musks, die disruptive oder zumindest spektakuläre Innovation suggerieren. Also: eben noch ein Traum, doch schon bald gesellschaftsverändernde Wirklichkeit. Kurd Laßwitz scheint da weit entfernt, wenn die bahnbrechendsten Erfindungen ins Reich der Träume, auf den ersten April und in die Gattung des Märchens verschoben werden. Doch so einfach ist es nicht mit dem Träumen in seinen Erzählungen. Dieter von Reeken, dessen Kurd-Laßwitz-Werkausgabe noch längst nicht genug gelobt wurde, geht aus meiner Sicht zu weit, wenn er in den Vorbemerkungen über Laßwitz schreibt:»ein ›deutscher Jules Verne‹ – das war er allerdings nicht, wohl eher ein ›deutscher Hans Christian Andersen‹«. Das Märchenhafte ist zu Recht angesprochen, aber zu stark vereinnahmt, denn die Märchen, Fantasien und Träume sind bei Laßwitz immer wieder eng mit der Technik verbunden. Und dieser Zusammenhang wird in seinen Erzählungen reflektiert, irrwitzig in *Der Traumfabrikant*.[9]

Die satirisch überzeichnete Zukunftsgesellschaft hat sich dort gemütlich eingerichtet und endlich den Schlaf als Ideal entdeckt. Je mehr die Menschen schlafen, desto besser: »Man verglich die Länder nicht mehr nach ihrer Kornproduktion, ihrem Kohlenreichtum, ihrer Industrie, ihrem Export, ihrem Kindersegen, ihrer Wehrkraft, ihrer Steuermenge, berechnet für den Kopf der Bevölkerung, sondern lediglich nach der Zahl der verschlafenen und verträumten Stunden. Es zeigte sich zur Beruhigung aller Patrioten, daß Deutschland an der Spitze der Civilisation – schlummerte, und man sah jetzt ein, daß der politische Traumzustand, den man den Deutschen ehemals zum Vorwurf gemacht hatte, nichts weiter gewesen war als eine noch unverstandene Vorgeschrittenheit in der europäischen Kulturentwicklung.«

Harte Auseinandersetzungen werden in dieser Gesellschaft um die Träume geführt, das heißt vor allem darum, wer sich um die richtigen Träume zu kümmern habe. Das technologische Novum der Erzählung kreist um die Möglichkeit, die Träume zu beeinflussen, indem mittels eines Gases und dezenter Reize auf die Sinne eingewirkt wird. Wie so häufig bei Laßwitz kommt der Witz leichtfüßig daher, wenn nun der Streit darüber geführt wird, wer die Träume produzieren dürfe: Sollte es ein staatliches Monopol darauf geben, oder übernehmen das weiterhin vor allem private Firmen? Diese Alternativen könnten die Fantasie schnell in zwei unterschiedliche Dystopien lenken, doch der Ton bei Laßwitz bleibt leicht.

Der Mensch soll viel schlafen und gut träumen, jedoch haben die Träume offenkundig Konsequenzen für das wache Leben. Die Erzählung liefert das Beispiel eines unglücklich Verliebten, der mittels Träumen die Liebe der Angebeteten entfachen

9 Kurd Laßwitz, *Der Traumfabrikant*. In: Ders., *Seifenblasen. Moderne Märchen* [1890]. Hrsg. v. Dieter von Reeken. Lüneburg: DvR 2009.

möchte. Doch die Gesetze, auf die sich der Traumfabrikant, der in dieser Sache angefragt wird, beruft, verwehren es ihm – das Dystopische ist glücklich abgewendet. Siebler, der Protagonist der Geschichte, wird dann durch ein Traumkissen seiner Tochter Amalie beeinflusst, die ihren Vater überzeugen möchte, dass dieser ihren Geliebten akzeptiert. Zwar läuft der Traum ganz anders ab, als Amalie sich das vorgestellt hatte, aber er führt zum erhofften Ergebnis: »Und als er die Hände des glückstrahlenden Paares ineinander gelegt hatte« – ein Happy End. Ein kontingentes Happy End, da die Psychologie hier dialektisch angelegt ist. Die Träume können den Menschen in eine unvermutete, unvorhersehbare Richtung führen, obwohl alles in allem die Traumfabrikation ganz prima funktioniert.

Der selbstbezügliche Schluss liegt nahe: Der Autor der modernen Märchen, der Erfinder des Gehirnspiegels und der Fernschule ist selbst ein Traumfabrikant. Wenn seine Erzählungen teilweise hart in die Realität zurückführen, zerbricht er die Macht seiner Fiktionen. Die Texte bleiben so teilweise etwas unbefriedigend, weil sie allzu spielerisch sind.[10] Die technische Innovation wird durchgespielt und dann wieder aus dem Spiel genommen, es ist das Flüchtige des Traums, das hier akzentuiert wird, und nicht der *greatest dream*.

Die naheliegende Dystopie haben andere ausgestaltet. Beklemmend, mit aller Konsequenz hat Otto Soyka etwas später die Möglichkeit dargestellt, Träume gezielt zu beeinflussen, in seinem Roman *Die Traumpeitsche* aus dem Jahr 1921.[11] Die eingeflößten Träume üben hier eine so gewaltige Kraft aus, dass jede Manipulation erreichbar erscheint. Der Protagonist, der einen unstillbaren Durst nach Gerechtigkeit hat, weckt bei nicht verurteilten Straftätern das schlechte Gewissen durch böse Träume, bis sie ihre Schuld gestehen. Bei Laßwitz steht analog der böse Witz, dass die Existenz eines Traumorgans auch dadurch bewiesen werden konnte, dass man es einem Mörder entnommen hätte, »der vor Gewissensbissen nicht schlafen konnte; seitdem erfreute er sich eines ruhigen, traumlosen Schlafs«. In Soykas Text wächst die unwahrscheinliche Macht des Protagonisten, das Gewissen zu quälen, und er nutzt diese aus, betreibt sein eigenes Geschäft der Gerechtigkeit.

Neben der Macht der Alpträume vermögen es die schönen Träume hier, den Menschen ganz von der Wirklichkeit abzuziehen und im Traumreich verlorengehen zu lassen. So teilen sich im Roman die träumenden Menschen in einen Teil, der von diffusen Träumen angetrieben wird, die ihm von außen eingepflanzt werden, und einen anderen Teil, der Befriedigung bloß noch in einer Traumwelt erfahren möchte. Mit Blick auf Elon Musk ist der Text erhellend, weil neben der Macht der Träume nur eine weitere Macht ernsthaft infrage kommt: die Macht des Geldes. Träume treiben die Menschen an oder das

---

10 Das gilt nicht für seinen großen, weitaus ernsteren Roman *Auf zwei Planeten* von 1897. Und die Macht der Fiktion durchgespielt hat Laßwitz auch mit *Telelyt* (1892); das als bare Münze verkauft wurde. Vgl. Rudi Schweikert, *Telelyt – ein Laßwitz-Text mit Fernwirkung*. In: Ders., *Gerade Gedanken – schiefe Gedanken. Gesammelte Studien aus 45 Jahren zu Kurd Laßwitz und seinem Werk*. Lüneburg: DvR 2024.

11 Otto Soyka, *Die Traumpeitsche. Ein phantastischer Roman* [1921]. Frankfurt: Suhrkamp 1995.

Geld. Zum Beispiel der Kauf von Wähler- stimmen läge genau auf der Linie des Ro- mans von Soyka.

Zurück zur Technik, den Träumen und Laßwitz. Abschließend ein Blick in sei- ne Geschichte *Morgentraum*.[12] Diese klei- ne Erzählung, in der Gegenstände mitei- nander zu reden beginnen, erinnert ohne Zweifel an Hans-Christian Andersens *Der fliegende Koffer*, wo ein Märchen im Mär- chen einen Dialog von Töpfen, Eimern und Streichhölzern inszeniert. Laßwitz' Erzählung steht etwa so weit ab von der sich just formierenden Science-Fiction- Literatur wie Andersens Fantasien. Im *Morgentraum* unterhalten sich die Gegen- stände, die auf einem Tisch herumliegen, über Träume. Bezeichnend ist – und da- mit kommt doch die Technik ins Spiel –, dass vor allem Messgeräte an der Unterhal- tung beteiligt sind: eine Uhr, ein Kompass, ein Barometer. Der Geldbeutel bleibt ein Nebendarsteller. Die Uhr erklärt, sie träu- me nicht, sondern sie stehe für eine wache Effizienz. Der Kompass darf, ebenso nahe- liegend, die Sehnsucht verbildlichen: »Ich weiß es nicht; es wird wohl etwas sein, das mich antreibt, aber es muß weit, weit fort sein. Ich träume davon – ich träume von ei- ner Krone des Lichts und tausend, tausend hellen Strahlen, sie leben und weben ein fernes Geheimnis, und ich zittere im Sehn- suchtstraum und wende mich und strebe ihm zu und möcht' es schauen, möcht' es fassen.«

12 Kurd Laßwitz, *Morgentraum*. In: Ders.: *Nie und Nimmer*.

Hier von moderner Technologie – set- zen wir beispielhaft den Tesla ein – zu- rückzuschließen und zu konstatieren, mit Produkten werden nun einmal Sehnsüch- te verkauft, trifft den Punkt der Erzäh- lung nicht. Laßwitz' kleine technische Ge- genstände kommen als Waren kaum in Be- tracht. Es ist eine fantastische Welt, umso fantastischere Welt, jenseits des Marke- tings. Die Gegenstände manifestieren Ide- en und Sehnsüchte, sie formatieren so die Welt des Menschen, der sie besitzt. Das ist kein Technikskeptizismus; Technikkritik durchaus, im Sinne einer Unterscheidung, eines Sichtbarwerdens. So wie die Uhr den Tag formatiert, formatieren Kompass und Barometer in der Erzählung die Träume. Die Gegenstände träumen selbst, das heißt: Sie antworten auf Träume des Menschen – das Wetter beschreiben zu können oder stets den richtigen Weg zu finden –, und sie führen Träume, neue Sehnsüchte mit sich: in die Ferne, in die Kälte und Höhe, in Wetter- und Klimaextreme.

Und schließlich ein Raumschiff zum Uranus. Sich Elon Musks Träumen an- schließen? Momentan lieber nicht, aber gemeinsam mit Laßwitz vergangene zu- künftige oder neue Technikträume durch- spielen. Ja, gerne. Die Geschichte *Morgen- traum* endet dann als ein solcher, als der Wecker klingelt: »Mensch (hinter der Sze- ne): ›Schon so spät? Was haben wir denn heute? Wahrhaftig, ein Glück, 's ist Sonn- tag! Da hab' ich noch Zeit, meinen Traum aufzuschreiben.‹«

Nach der Ko(h)lonisation

Von Tobias Adler-Bartels

I

In sehr verdichteter Form verweisen viele Sprachbilder zur deutschen Einheit – friedliche Revolution, Wende, Wiedervereinigung, blühende Landschaften oder Anschluss – auf bestimmte Konflikterzählungen und rekurrieren dabei auf historische Erfahrungsräume sowie mögliche Erwartungshorizonte. Von Beginn an war auch die Rede von der »Kolonisation« der DDR beziehungsweise Ostdeutschlands Teil dieser Vereinigungserzählungen, wenn etwa bei den Protesten in ostdeutschen Metropolen Transparente mit der Losung »Keine Ko(h)lonialisierung der DDR!« geschwenkt wurden oder die Kali-Werker von Bischofferode im Rahmen ihres öffentlichkeitswirksamen Arbeitskampfs gegen die von der Treuhand beschlossene Stilllegung ihrer Schachtanlage am Maifeiertag 1993 ihr Bundesland als eine »Kolonie« des Westens bezeichneten.[1]

Das Schlagwort der Kolonisation beziehungsweise Kolonialisierung brachte die Ohnmacht vieler Bürgerinnen und Bürger in diesem Transformationsprozess zum Ausdruck, die in manch westdeutschen Stellungnahmen zudem Nahrung fand. So behauptete der Publizist Arnulf Baring, die Menschen in der DDR hätten »einfach nichts gelernt, was sie in eine freie Markt-

gesellschaft einbringen könnten«, und forderte deshalb »eine langfristige Rekultivierung, eine Kolonisierungsaufgabe, eine neue Ostkolonisation, obwohl man das öffentlich fast nicht sagen kann«.[2]

Mittlerweile haben (post)koloniale Theorieelemente auch Eingang in die Untersuchungen zum Wandel der ost-, west- und gesamtdeutschen Mentalitäten sowie zu identitätspolitischen Konflikten gefunden. Sei es das an den Begriff der (kolonialen) Rassifizierung angelehnte Konzept der »Ossifizierung« oder die im Anschluss an die *Critical Whiteness Studies* adaptierte Idee einer »Critical Westness« – postkoloniale Deutungsmuster sind en vogue, wenn es darum geht, die diskurs- und hegemonietheoretischen Dimensionen des unabgeschlossenen Vereinigungsprozesses zu ergründen.[3]

Jüngstes und prominentestes Beispiel ist die Polemik *Der Osten: eine westdeutsche Erfindung* (2023) des Leipziger Literaturwissenschaftlers Dirk Oschmann, der sich an Edward Said orientiert, um die Machtasymmetrien innerhalb des Ost-West-Verhältnisses zu beschreiben und den Osten als eine permanent (re)produzierte Konstruktion westdeutscher Deutungseliten auszuweisen.[4] Der Soziologe Steffen Mau

1 Vgl. *Kolonisierung des »Ostens«? Friktionen im deutsch-deutschen Transformationsprozess.* *LaG-Magazin*, Nr. 6/2023 vom 28. Juni 2023.

2 Arnulf Baring, *Deutschland, was nun? Ein Gespräch mit Dirk Rumberg und Wolf Jobst Siedler.* Berlin: Siedler 1991.

3 Kathleen Heft, *Kindsmord in den Medien. Eine Diskursanalyse ost-westdeutscher Dominanzverhältnisse.* Opladen: Budrich Academic Press 2020; Heiner Schulze, *Critical Westness. Unsichtbare Normen und (west)deutsche Perspektiven.* In: *Ostjournal*, Nr. 5, 2019.

4 Vgl. Konstantin Petry, *Neues vom edlen Wilden.* In: *Merkur*, Nr. 890, Juli 2023; Claudia Gatzka, *Geschichten wider den Osten.* In: *Merkur*, Nr. 893, Oktober 2023.

hat auf die empirischen Defizite dieser Othering-These verwiesen und zugleich den grundlegenden Verdacht geäußert, dass es sich bei den Kolonialisierungserzählungen sowie der Adaption postkolonialer Konzepte eher um eine Form der Selbstviktimisierung handele. Es gehe dabei nicht zuletzt darum, »ostdeutsche Erfahrungen mehr oder weniger gleichberechtigt ins Register anderer Diskriminierungskategorien einzutragen«.[5] In die gleiche Kerbe schlägt der Historiker Ilko-Sascha Kowalczuk, der die (post)kolonialen Narrative lediglich als strategisches Mittel betrachtet, um den depravierten Status des Konstrukts »Ostdeutsche« festzuschreiben.[6]

II

Zunächst einmal muss die Rede von der Kolonialisierung Ostdeutschlands irritieren; schließlich handelt es sich um die paradoxe Form eines Kolonialismus ohne Kolonisierte, hatte doch die Bevölkerung der DDR nach dem gewaltfreien Aufstand gegen die SED-Diktatur selbst in freien Wahlen für die Vereinigung mit Westdeutschland votiert. Als eine freiwillige »*Selbstentmachtung* in unmittelbarer zeitlicher Nähe zur *Selbstermächtigung*« beschreibt das Steffen Mau und betont die sehr unterschiedlichen Erwartungen und Hoffnungen innerhalb der ostdeutschen Gesellschaft.

Schließlich hatte deren Bevölkerung diese Umbruchphase zum allergrößten Teil in weitgehend passiver Haltung hingenommen; lediglich eine mutige Minderheit war in der Oppositionsbewegung aktiv, aus der dann die Impulse für eine demokratische Revolution entsprangen. Die kurze, aber sehr intensive gesamtdeutsche Debatte über die Gretchenfrage der Einheit – »Beitritt« der neuen Bundesländer nach Artikel 23 Grundgesetz oder Verabschiedung einer gesamtdeutschen Verfassung nach Artikel 146 – wurde letzlich durch die Regierung Kohl mit Verweis auf das geopolitische »window of opportunity« entschieden.[7] Die Regierung de Maizière hat das akzeptiert. In seinem *Nachruf auf ein Nicht-Ereignis* kritisierte der Politologe Wolf-Dieter Narr diese verpasste Chance sowie die fehlende Weitsicht »der etablierten verfassungspolitischen Indolenz« und warnte vor den daraus resultierenden Enttäuschungen der ostdeutschen Bürgerinnen und Bürger, »die den Zeiten- und sog. Systemwechsel zu einem guten Teil nur als Wechsel des herrschaftlichen Bezugsrahmens erfahren« konnten.[8]

Weil die Potentiale einer gesamtdeutschen Verfassungsdiskussion auch späterhin ungenutzt blieben, haftet der Einheit aus demokratietheoretischer Sicht bis heute ein gewisser Makel an, obsiegte doch offensichtlich das gouvernementale TINA-Prinzip des westdeutschen *pouvoir constitué* über den gesamtdeutschen *pouvoir constituant*.

Diese verfassungspolitische Debatte sowie der wirtschaftspolitische Totalumbau

5 Steffen Mau, *Ungleich vereint. Warum der Osten anders bleibt.* Berlin: Suhrkamp 2024.
6 Ilko-Sascha Kowalczuk, *Freiheitsschock. Eine andere Geschichte Ostdeutschlands von 1989 bis heute.* München: Beck 2024.
7 Vgl. Bernd Guggenberger / Tine Stein (Hrsg.), *Die Verfassungsdiskussion im Jahr der deutschen Einheit. Analysen, Hintergründe, Materialien.* München: Hanser 1991.
8 Wolf-Dieter Narr, *Nachruf auf ein Nicht-Ereignis: die Verfassungsreform.* In: *Leviathan,* Nr. 22/4, 1994.

der DDR-Betriebe durch die Privatisierungsagenda der Treuhandanstalt bildeten den Hintergrund für eine wirkmächtige und unversöhnliche Kolonisationserzählung. Eine entscheidende Rolle spielte hierbei die 1991 von den westdeutschen Politologen Fritz Vilmar und Wolfgang Dümcke gegründete »Forschungsgruppe Kritische Analyse der Vereinigungspolitik«, die die wirtschaftlich-soziale Transformation in den neuen Bundesländern anprangerte, den rigorosen Traditionsabbruch mit der abgewickelten DDR kritisierte und dabei ganz bewusst auf das Deutungsmuster der Kolonialisierung zurückgriff. Als kritische Folie leitete der Begriff die Untersuchungen der Forschungsgruppe zum Vereinigungsprozess an und markierte den Abstand zu den westdeutschen Deutungseliten wie auch zu Teilen der eigenen Zunft.

Kolonialisierung, hieß es da, bedeute »die politische, ökonomische und kulturelle Dominanz eines gesellschaftlichen Systems im Verhältnis zu einem anderen«. Die hier bereits durch das Wort »System« angezeigte Extension des Begriffs abstrahierte von dessen historisch-konkreten Erscheinungsformen und formalisierte ihn zu einem Strukturbegriff, der auf die Kritik der Herrschafts- und Machtverhältnisse im vereinten Deutschland abzielte.

Die empirischen Ergebnisse bestätigten wenig überraschend die These einer »Unterwerfung der Gesellschaft Ostdeutschlands […] unter die politisch-ökonomische Herrschaft der westdeutschen Republik«; die Kolonisation erfasse somit »eine reale Seite des Vereinigungsprozesses«, indem sie »die westlichen *Dominanz*prozesse« auf einen Nenner bringe, »die den *Demokratisierungs*prozeß der ostdeutschen Ge-

sellschaft be- bzw. verhindern«.[9] Da also nach Vilmar im deutschen Vereinigungsprozess wesentliche Merkmale des »klassischen« Kolonialismus erkennbar seien und die Kolonialisierung zugleich – in loser Anlehnung an Jürgen Habermas' Überlegungen zur »Kolonialisierung der Lebenswelt« – als Gegenbegriff zur Demokratisierung verstanden wurde, sei der Begriff der »strukturellen Kolonialisierung« für diesen Zusammenhang angemessen.[10]

Dieser Strukturbegriff war durchaus anschlussfähig an das Kolonialismus-Verständnis des verordneten Marxismus-Leninismus der DDR, in dem der (europäische) Kolonialismus nach der offiziellen Geschichtsinterpretation auf ein ökonomisch abgeleitetes Herrschaftsverhältnis reduziert und so seiner rassistischen und kulturalistischen Rechtfertigungsdoktrinen entkleidet wurde. In dieser Deutung schufen die Gewinne des Westens aus dem überseeischen Kolonialismus die ökonomischen Voraussetzungen für die industrielle Revolution, die zugleich den Übergang vom vormonopolistischen Kapitalismus zum monopolistischen Stadium des Imperialismus einleiteten und nunmehr den unerbittlichen Konkurrenzkampf der kapitalistischen Länder um die begrenzten Territorien und Ressourcen befeuerten, der schließlich im Ersten Weltkrieg gipfelte. Diesem Geschichtsbild verpflichtet, verstand sich die Führung der DDR stets

9   Wolfgang Dümcke / Fritz Vilmar (Hrsg.), *Kolonialisierung der DDR. Kritische Analysen und Alternativen des Einigungsprozesses.* Münster: Agenda 1996.

10 Fritz Vilmar, *Zum Begriff der »Strukturellen Kolonialisierung«.* In: Ders. (Hrsg.), *Zehn Jahre Vereinigungspolitik. Kritische Bilanz und humane Alternativen.* Berlin: Trafo 2000.

als quasinatürlicher Bündnispartner der nationalen Befreiungsbewegungen in den Ländern der »Dritten Welt«. Damit einher ging zudem eine Relativierung der eigenen Verantwortung für den (deutschen) Kolonialismus, der als Ergebnis eines kurzzeitigen Bündnisses von Agrarkonservativen und Großbourgeoisie präsentiert wurde.[11]

In beiden Fällen erweist sich der weitgehend formalisierte Kolonialismus also als ein polemischer Strukturbegriff, dem der Gegensatz von Unterdrückern und Unterdrückten beziehungsweise Herrschern und Beherrschten eingeschrieben ist und der entsprechend wenig Raum für analytische Differenzierung oder historische Tiefenschärfe lässt. Die für den historischen Kolonialismus und dessen konstitutive »Rechtfertigungsideologien« programmatischen Grundlagen (die Überzeugung der Höherwertigkeit der Kolonisierenden) sowie die fortwirkende Latenz der Gewalterfahrungen der (ehemals) Kolonisierten kann dieser Begriff nicht erfassen. Zwar wird der historische Kolonialismus als vager Referenzpunkt aufgerufen, die damit inhärent verknüpften Gewalt- und Rassismuserfahrungen aber kommen nicht zur Sprache.[12]

Indem sich der Strukturbegriff der Kolonisation zudem einseitig auf die politisch-ökonomischen Konfliktdimensionen fokussiert, eignet er sich nicht als kritische Folie zur Untersuchung des Gesellschaftswandels, da er die Intersektionalität von Diskriminierungs- und Unterdrückungserfahrungen nicht abbilden kann. Die Erzählungen vom westdeutschen Kolonialismus und der Kolonisierung der DDR konstruieren so eine klare Unterscheidung von Tätern (Westdeutsche, Treuhand) und Opfern (das ominöse Kollektiv der Ostdeutschen) und sind daher bis in die Gegenwart ein beliebtes Sujet sowohl von westdeutschen Altlinken als auch von DDR-Revisionisten – etwa im Umfeld des Vereins »Ostdeutsches Kuratorium von Verbänden«.

III

Neben dieser unmittelbar dem Vereinigungskontext entsprungenen Kolonialisierungserzählung gibt es jedoch noch eine längere geistesgeschichtliche Tradition, die auf das kulturkritische Milieu der Jahrhundertwende verweist. Sowohl bei völkisch-antisemitischen Autoren wie Paul de Lagarde, Julius Langbehn oder Theodor Fritsch als auch in den lebensreformerischen Kreisen um Franz Oppenheimer oder Gustav Landauer firmierte die Kolonisation als Chiffre für den versprochenen Ausgang aus der (politischen) Moderne.[13]

Der Gedanke der weltanschaulich-geistigen Kolonisation diente hier als Korrektiv für eine fehlgeleitete Moderne. Eingebettet war er in ein kulturkritisches Geschichtsmodell, das dem Dreischritt »Paradies – Sündenfall Moderne – Erlö-

11 Vgl. Horst Gründer, *Kolonialismus und Marxismus. Der deutsche Kolonialismus in der Geschichtsschreibung der DDR*. In: Alexander Fischer/Günther Heydemann (Hrsg.), *Geschichtswissenschaft in der DDR*. Bd. II: *Vor- und Frühgeschichte bis Neueste Geschichte*. Berlin: Duncker & Humblot 1990.
12 Vgl. Jürgen Osterhammel/Jan C. Jansen, *Kolonialismus. Geschichte, Formen, Folgen*. München: Beck 2017.
13 Vgl. Anna S. Brasch, *Moderne – Regeneration – Erlösung. Der Begriff der »Kolonie« und die weltanschauliche Literatur der Jahrhundertwende*. Göttingen: Vandenhoeck & Ruprecht 2017.

sung« folgte.[14] So betrachtete Langbehn in seinem anonym publizierten Bestseller *Rembrandt als Erzieher* (1890) Preußen als deutsche »Kernkolonie«, von der aus »die geistige Urbarmachung und Besiedelung des deutschen Bodens« ausgehen müsse. Der Herausgeber des *Antisemiten-Katechismus* Fritsch propagierte in seinem Traktat *Die Stadt der Zukunft* (1896) die Vision der »Gartenstadtkolonien« als organischen Refugien, in denen sich ein neuer (deutscher) Geist ausbilden und aus denen eine fundamentale Neuordnung von Stadt und Staat erwachsen könne.[15] In diesem (Kultur)Kampf gegen die Moderne stand die positiv konnotierte Kolonie für vage Ordnungsideen oder Erlösungsversprechen und wurde als alternativer Ort ausgewiesen, in dem die Hebung des geistigen Niveaus und die Aufhebung des undeutschen Geistes sowie die Wiederherstellung von Ganzheitlichkeit möglich sei.

In der Nachkriegszeit feierte dieser Gedanke dann unter ganz anderen Umständen wieder fröhliche Urständ, als der Schlagersänger Karl Berbuer (1900–1977) – der 1924 mit seinem gegen die alliierte Rheinlandbesetzung gerichteten Trutzlied *Se kriggen ons nit kapott* erstmals in Erscheinung getreten war und später mit dem Schunkelschlager *Heidewitzka, Herr Kapitän* einen Hit landete – im Jahr 1948 seinen Marsch-Fox *Wir sind die Eingeborenen von Trizonesien* veröffentlichte. Das Lied mit

der ironischen Verballhornung der aus der Vereinigung der amerikanisch-britischen »Bizone« mit der französischen Besatzungszone hervorgegangenen »Trizone« avancierte ob seines Erfolgs sogar zur inoffiziellen Nationalhymne und transportierte zugleich einen kaum zu überhörenden politischen Subtext. Beginnend mit der lapidaren Feststellung »die alten Zeiten sind vorbei, ob man da lacht, ob man da weint«, gipfelte es in der Aussage: »Wir sind zwar keine Menschenfresser, doch wir küssen umso besser«. Damit lag Berbuer insofern richtig, als es sich bei den deutschen Tätern nicht um wilde »Menschenfresser« handelte, sondern um skrupellose und berechnende Massenmörder, wie die (inter)nationale Öffentlichkeit bereits im Herbst 1945 erfahren konnte.[16]

Neben diesen geschichtsrevisionistischen Untertönen setzte der *Trizonesien-Song* die Ohnmachtserfahrung indigener Völker gegenüber ihren kolonialen Beherrschern mit der Lage der Bevölkerung im besetzten Nachkriegsdeutschland gleich. So verhindere ein »kleines Häuflein Diplomaten«, das »heut die große Politik [macht]«, dass die »Trizonesier« ihre Souveränität (wieder) erlangen könnten, die sich ihrem Schicksal jedoch durch promiskuitive Exzesse entziehen und ihre kulturelle Eigenart feiern. Während die »Mägdelein mit feurig wildem Wesien« exotisch-erotische Reize verströmen, müssen die ebenfalls besungenen Goethe und Beethoven für die autochthone »Kultur« sowie den hohen »Geist« dieser »Eingeborenen« herhalten, die es etwa »in Chinesien« nicht gebe. In nur we-

14 Wolfgang R. Krabbe, *Lebensreform/Selbstreform*. In: Diethart Kerbs/Jürgen Reulecke (Hrsg.), *Handbuch der deutschen Reformbewegungen 1880–1933*. Wuppertal: Peter Hammer 1998.

15 [August Julius Langbehn], *Rembrandt als Erzieher. Von einem Deutschen*. Leipzig: Hirschfeld 1890.

16 Vgl. John Cramer, *Belsen Trial 1945. Der Lüneburger Prozess gegen Wachpersonal der Konzentrationslager Auschwitz und Bergen-Belsen*. Göttingen: Wallstein 2011.

nigen Takten machte das fröhliche Karnevalslied aus den deutschen Tätern ein Volk von kolonisierten Subalternen und traf damit sichtlich den revisionistischen Zeitgeist.

IV

Die Konjunkturen der Kolonisationserzählungen nach der Wiedervereinigung rufen zunächst in Erinnerung, dass die Aufarbeitung der Geschichte des deutschen Kolonialismus lange Zeit unerwünscht und der öffentliche Umgang damit wenig sensibel war – der Kolonialismus, das waren die anderen.[17] Erst die geschichtswissenschaftliche Grundlagenarbeit sowie postkoloniale Initiativen haben in den letzten Dekaden die vielen Facetten und Dimensionen des Kolonialismus in das erinnerungspolitische Gedächtnis gerufen (und so zugleich neue Debatten um das Verhältnis zur nationalsozialistischen Vernichtungspolitik provoziert).

Entsprechend irritierend ist es, wenn bis heute der Prozess der Vereinigung der beiden deutschen Teilstaaten mit kolonialen Motiven erfasst und beschrieben wird. Mindestens indirekt werden so die Gewalterfahrungen und Rassismen des historischen Kolonialismus relativiert. Zudem wählen diese Erzählungen eine sehr einseitige Perspektive, indem sie sich dem größeren Kontext der postsozialistischen Transformationen in Osteuropa verschließen und stattdessen den Mythos eines deutschen Sonderwegs perpetuieren.

Die Popularität der Kolonisierungserzählungen ist weniger erstaunlich, wenn man ihre politischen Dimensionen betrachtet. So liegt ihr Reiz in ihrem genuin polemischen Charakter, der darauf abzielt, im anhaltenden Vereinigungsprozess zum einen die westdeutschen Kolonialisten zu brandmarken und zum anderen die Ohnmacht der »unterdrückten« Ostdeutschen zu markieren. In der Imagination der Kolonie als alternativem Refugium zielt der Begriff zugleich auf die Herausbildung einer ostdeutschen Gegenidentität, die sich in Abgrenzung und Absonderung zum und vom Westen profiliert, nicht ohne Parallelen zum trotzigen Widerstand der »Trizonesier«.[18]

Bei aller berechtigten Kritik an den anhaltenden Missständen sowie den verstetigten Ungleichheiten zwischen Ost und West führt die provokative und unversöhnliche Analogie der Kolonisation letztlich in eine Sackgasse, da sie aus den Enttäuschungen und Frustrationen über den Einigungsprozess einseitige Schuldzuweisungen ableitet, die mit starren und vereinfachenden Geschichts- und Feindbildern einhergehen und dadurch Verschwörungserzählungen über fremde Mächte (aus dem Westen) oder Erlösungsfantasien (durch Mächte aus dem Osten) befördern. Gemeinsame Erzählungen oder Gespräche auf Augenhöhe von freien und gleichen Mitbürgerinnen und Mitbürgern in der »Wiedervereinigungsgesellschaft« (Thomas Großbölting) werden so unmöglich.

17 Vgl. Andreas Eckert / Albert Wirz: *Wir nicht, die Anderen auch. Deutschland und der Kolonialismus*. In: Sebastian Conrad / Shalini Randeria / Regina Römhild (Hrsg.), *Jenseits des Eurozentrismus. Postkoloniale Perspektiven in den Geschichts- und Kulturwissenschaften*. Frankfurt: Campus 2013.

18 Vgl. Frank Trentmann, »*Uns trifft es immer am schlimmsten*«. *Das deutsche Opfermotiv nach 1990 und nach 1945*. In: Marcus Böick u.a. (Hrsg.), *Jahrbuch Deutsche Einheit 2024*. Berlin: Ch. Links 2024.

Ökonomische Opfer im Osten?

Von Till Hilmar

Warum sind AfD und Bündnis Sahra Wagenknecht (BSW) so stark in den ostdeutschen Bundesländern? Bei den Landtagswahlen in Thüringen und Sachsen im September 2024 erlangten sie gemeinsam fast die Mehrheit der Stimmen. Die Erklärungen dafür kreisen um zwei zentrale Punkte: zum einen das verführerische Versprechen von »Frieden«: Beide Parteien stiften die Vision, mit Putins Russland einen Deal aushandeln zu können. Sie lehnen Waffenlieferungen an die Ukraine ab, fordern ein Ende der Sanktionen – ihre Argumente dafür knüpfen an geopolitische Vorstellungen und Geschichtsbilder aus DDR-Zeiten an. Zum anderen schüren sie Ängste vor Migration und zeichnen ein düsteres Bild des drohenden Kontrollverlusts im demografischen Wandel.

Eine weitere Gemeinsamkeit zwischen beiden Parteien wird in der Regel allerdings übersehen: Beide bedienen sich derselben ökonomischen Narrative. Sie entwickeln eine scheinbar paradoxe Erzählung, in der die Ostdeutschen als wirtschaftliche Opfer erscheinen, die im gleichen Atemzug ihren Opferstatus zurückweisen. Es handelt sich um eine retrospektive Deutung der ökonomischen Abwertung, die viele in den 1990er Jahren erfahren haben. Die Erinnerungen an den wirtschaftlichen Umbruch haben heute eine besondere politische und kulturelle Sprengkraft, die sowohl von der AfD als auch vom BSW geschickt genutzt wird.

Identitätsstiftung

Die Erinnerung an die Transformationszeit ist mit einer Vielzahl von Ungerechtigkeitserzählungen verbunden, die politische, ökonomische, kulturelle, soziale Erfahrungen der Abwertung dessen umfassen, was es heißt, »ostdeutsch« zu sein. In den Medien und in der Wissenschaft wird insbesondere die politische Dimension thematisiert. Ostdeutsche fühlen sich bis heute als »Bürger zweiter Klasse«. Auch wenn es Fortschritte gibt, sind Ostdeutsche noch immer unterrepräsentiert in den Fluren der Macht, der Wirtschaft, der Medien, der Wissenschaft und der Kultur. Die wirtschaftliche Abwertung, die Privatisierung, die Schließung von Tausenden Betrieben, die Massenarbeitslosigkeit der neunziger Jahre werden in der öffentlichen Debatte dreißig Jahre nach dem Ende der Treuhand hingegen weitgehend als Themen der Vergangenheit wahrgenommen.

Heutzutage, so wird immer wieder argumentiert, gehe es vielen Regionen in Ostdeutschland wirtschaftlich blendend. Der Ökonom Joachim Ragnitz stellte unlängst in einem Interview ausdrücklich fest, dass sich die Erfolge von AfD und BSW nicht direkt mit wirtschaftlichen Faktoren erklären ließen.[1] Zu groß seien die Unterschiede

1 *»Der Osten wird nie an das Westniveau herankommen«.* Gespräch mit dem Ökonomen Joachim Ragnitz. In: *FAZ* vom 22. August 2024.

zwischen relevanten Faktoren in den verschiedenen Regionen. Sind es also gar keine wirtschaftlichen Missstände, die Wähler und Wählerinnen zu den Populisten treiben?

Wer so argumentiert, übersieht, dass Ökonomie nicht allein aus abstrakt-allgemeinen Größen wie Wachstumsraten, Umsatzzahlen oder Produktivitätsniveaus besteht, sondern sich im alltäglichen Erleben niederschlägt, in konkreten Erfahrungen, Affekten und Projektionen. Die Art und Weise, wie Menschen Veränderungen der Preise im Supermarktregal oder auf dem Wochenmarkt wahrnehmen, ist von einer Vielzahl an Emotionen geprägt, zum Beispiel Wut, Sorge, Frustration oder auch dem Bedürfnis nach Vergeltung. Das Gefühl, dass der eigene Lohn nicht ausreicht, der beklemmende Gedanke an das Monatsende oder der Eindruck, dass die eigenen Kompetenzen am Arbeitsplatz nicht wahrgenommen werden – das sind zunächst individuelle ökonomische Erfahrungen, die man als arbeitende oder konsumierende Person macht.

Doch das Soziale kommt unweigerlich ins Spiel: Man fragt sich, wie andere sich bestimmte Dinge leisten können, warum deren Ambitionen am Arbeitsplatz von Vorgesetzten und Kolleginnen wertgeschätzt werden. Und die Gefühle, mit denen wirtschaftliche Erfahrungen verarbeitet werden, verbinden das eigene Erleben mit dem der anderen und schaffen eine relationale Brücke, die individuelle wirtschaftliche Erfahrungen zur zwischenmenschlichen Angelegenheit machen. Als solche können sie ein Zugehörigkeitsgefühl stiften und damit identitätsbildend wirken. Der Sozialhistoriker Edward P. Thompson hat das am Beispiel der Frühphase der industriellen Revolution im England des späten 18. und frühen 19. Jahrhunderts beschrieben: Die Abwertung der eigenen Arbeitskraft, sogar materielle Not überträgt sich nicht direkt in das Denken, Fühlen und Handeln der Menschen. Das passiert erst, wenn ökonomische Einschnitte in sozialen Gruppen und auf Initiative starker Meinungsführer kollektiv als Ungerechtigkeit interpretiert werden und das Ungerechtigkeitsgefühl kausal organisiert wird – wenn also Verantwortliche benannt werden. So kann eine Leidensgemeinschaft entstehen, die sich in ihrem gemeinsamen Erleben vereint und nach Ermächtigung drängt.

Enttäuschte Erwartungen

Die soziale Verfestigung von Ungerechtigkeitsgefühlen bringt die Viktimisierung, die (Selbst)Zuschreibung eines Opferstatus hervor. Die Soziologin Eva Illouz beschreibt dies als einen zutiefst widersprüchlichen Vorgang.[2] Viktimisierung hat zwei Seiten: erstens das Moment der Scham.[3] Erfahrungen wie Arbeitslosigkeit, das Angewiesensein auf das Arbeitsamt in den 1990er Jahren – allein bis zum Jahr 1994 hatte schon mehr als die Hälfte der Ostdeutschen im arbeitsfähigen Alter Erfahrungen mit Arbeitsämtern und staatlich subventionierten Beschäftigungsformen gemacht –,[4] oder auch das Angestellt-

2 *Why Do We Make Our Emotions Match the Market?* Aufhebunga Bunga Podcast mit Eva Illouz vom 30. Juli 2024 (bungacast.com/2024/07/30/427-why-do-we-make-our-emotions-match-the-market-ft-eva-illouz/).

3 Vgl. Sighard Neckel, *Status und Scham. Zur symbolischen Reproduktion sozialer Ungleichheit.* Frankfurt: Campus 1991.

4 Anne Goedicke, *A »Ready-Made State«: The Mode of Institutional Transition in East*

bleiben in einem Betrieb, wenn rundherum alle anderen gehen müssen, sind mit Scham behaftet. Das Gefühl der Scham erzeugt zwei widersprüchliche Bedürfnisse: einerseits den Wunsch nach Artikulation und Anerkennung des Opferstatus, andererseits den Wunsch, diesen Status zu beschweigen – denn es handelt sich um eine Erniedrigungserfahrung. Niemand möchte »Opfer sein«, niemand möchte sich selbst auf eine passive, erniedrigte Rolle reduziert sehen.

Die zweite Seite ist die der Anklage nach außen. Es handelt sich um eine Selbstermächtigung und anklagende Benennung derjenigen, die einen zum Opfer gemacht haben. Es ist der Wunsch nach Vergeltung oder Entschädigung.[5] Gerichtet gegen die Westdeutschen, die in den frühen neunziger Jahren die Führungspositionen in den übriggebliebenen Betrieben eingenommen oder die Privatisierung organisiert haben. Der Opferstatus ist deshalb schwer zu ertragen, er treibt den Menschen immer

zugleich in verschiedene, widerstrebende Richtungen.

Wer bei AfD und BSW genau hinhört, erkennt, dass sie in ihrer direkten Kommunikation die verletzte Seite des Opferstatus – das Passive, das Bedürftige, das Untergeordnete – bewusst vermeiden. Stattdessen zielen sie auf ein aktives Prinzip – das Prinzip der Leistung. Leistung deckt aber gerade beide Elemente dieses scheinbar widersprüchlichen Schemas der Opfererzählung ab. Die Erinnerung an die 1990er Jahre speist sich aus der Kränkung enttäuschter Leistungserwartungen, die allerdings nur schwer artikulierbar sind, weil sie wie in jeder kapitalistischen Gesellschaft mit Scham behaftet sind. Wer sich über einen zu niedrigen Lohn beschwert, läuft Gefahr, als neiderfüllt oder gierig abgestempelt zu werden oder selbst die Schuld für das eigene Zurückbleiben zugerechnet zu bekommen. An die ostdeutsche Leistungsbereitschaft zu erinnern verspricht demgegenüber eine Überwindung von Scham und Schwäche, einen Weg der Ermächtigung, das Wiedererlangen von Autonomie und Unabhängigkeit.

Im Parteiprogramm des BSW von 2024 wird gleich als erster Punkt die »wirtschaftliche Vernunft« beschworen und Deutschland als »Industrienation« charakterisiert, der der »Verlust wichtiger Industrien« drohe.[6] Für ehemalige DDR-Bürgerinnen, die die Deindustrialisierung der Nachwendejahre erlebt haben – die industrielle Produktion ging in den ersten zwei Jahren nach dem Fall der Mauer um rund 75 Prozent zurück –, sind das Signalwör-

Germany After 1989. In: Martin Diewald / Anne Goedicke und Karl Ulrich Mayer (Hrsg.), *After the Fall of the Wall. Life Courses in the Transformation of East Germany.* Stanford University Press 2006.

5 Im Ressentiment, das Friedrich Nietzsche und später Max Scheler beschrieben haben, ist die Viktimisierung von einem Gefühl der Unterlegenheit geprägt, und es folgt das Moment der Zuschreibung von Schuld an äußere Akteure. Im Ressentiment steht allerdings nicht so sehr die Scham, sondern der Neid oder der Wunsch nach Abwertung der Mächtigeren im Vordergrund. Für eine erweiterte sozialwissenschaftliche Perspektive auf das Konzept vgl. allerdings Mikko Salmela / Tereza Capelos, *Ressentiment: A Complex Emotion or an Emotional Mechanism of Psychic Defences?* In: *Politics and Governance,* Nr. 9/3, August 2021.

6 Bündnis Sahra Wagenknecht, *Unser Parteiprogramm* (bsw-vg.de/wp-content/uploads/2024/01/BSW_Parteiprogramm.pdf).

ter, die gewichtige Erfahrungen aufrufen. Wagenknecht spricht damit die hohe Leistungsbereitschaft der ostdeutschen Industriearbeiterschaft an: »Industrie« ist ein Versprechen ostdeutschen Zusammenhalts, ein Bild, das die Heilung gesellschaftlicher Konflikte suggeriert – insbesondere der Ungleichheitskonflikte, die wie ein Riss durch die ostdeutsche Gesellschaft gehen.

Im AfD-Wahlprogramm für die Europawahl 2024 ist von den »industriellen Grundlagen unseres Wohlstands«, die es zu schützen gilt, zu lesen.[7] Die Partei hat sich wirtschaftspolitisch insbesondere den Kampf gegen die grüne Transformation als »Bedrohung« des Wirtschaftsstandorts Deutschland auf die Fahnen geschrieben. Das Signalwort »Deindustrialisierung« hat sie in diesem Kontext schon in den Merkel-Jahren immer wieder vorgebracht. Die AfD operiert mit dem Bild der fleißigen Industrienation, einer bestimmten sozialmoralischen Ordnung und des Interessenausgleichs. Damit beansprucht sie weniger ökonomische Expertise, als dass sie ostdeutsche wirtschaftliche Erfahrungen und ihre Deutungen anspricht.

Nur selten wird konkrete wirtschaftliche Abwertung thematisiert, vielmehr konzentriert sie sich auf den Aspekt der Ermächtigung. Im Wahlprogramm der AfD Thüringen aus dem Jahr 2019 findet sich dazu der denkwürdige Satz: »Wir sind stolz auf die hohe Leistungsbereitschaft und -fähigkeit unserer Arbeiter, Ingenieure, Wissenschaftler, Angestellten und Unternehmer. Ihre Leistung ist insbesondere anerkennenswert, weil Thüringen nach

wie vor mit massiven strukturellen Defiziten kämpft, die sich aus vier Jahrzehnten sozialistischer SED-Herrschaft und einem stellenweise falsch angelegten Vereinigungsprozess ergeben haben.«[8]

Diese Sätze rufen den Doppelaspekt der Opfererzählung auf – explizit die Ermächtigung und implizit die Kränkung. Denn die DDR-Gesellschaft hielt das Leistungsprinzip hoch. Leistung wurde politisch durch Produktionsnormen, also planwirtschaftliche Vorgaben, in den Betrieben eingefordert, sie war aber auch in den Kollektiven ein Symbol des sozialen Zusammenhalts. Leistungsorientierung prägte, wie der Historiker Clemens Villinger gezeigt hat, auch die Konsumerwartungen der DDR-Bürger.[9] »Produktive Arbeit« war natürlich eine ideologische Floskel, aber auch eine gelebte Realität, eine Norm im Betrieb, die durch soziale Kontrolle und moralische Erwartungen »von unten« durchgesetzt wurde. Ostdeutsche verstanden sich nicht nur als »Werktätige« in der »Arbeitsgesellschaft«, sondern auch als durch und durch leistungsorientiert. Wer als »unproduktiv« galt, musste sich schämen. Im besten Fall war dies »nur« durch soziale Kontrolle geregelt – denn auch Denunziation und Strafverfolgung waren für »unproduktives« Verhalten an der Tagesordnung, zunehmend in der Spätphase der DDR.

7 Alternative für Deutschland, *Europawahl-programm 2024* (afd.de/wp-content/uploads/2023/11/2023-11-16-_-AfD-Europawahlprogramm-2024-_-web.pdf).

8 AfD Thüringen, *Wahlprogramm für die Landtagswahl in Thüringen 2019* (https://afd-thueringen.de/thuringen-2/2019/09/wahlprogramm-der-afd-zur-thueringer-landtagswahl-2019/).

9 Clemens Villinger, *Vom ungerechten Plan zum gerechten Markt? Konsum, soziale Ungleichheit und der Systemwechsel 1989/90.* Berlin: Ch. Links 2022.

Leistungssemantiken

Viele Ostdeutsche verbanden die deutsche Einheit gerade mit dem Leistungsversprechen der »sozialen Marktwirtschaft«: als Beginn einer neuen Zeit, in der diejenigen, die sich anstrengen, endlich belohnt werden. In Interviews mit Personen, die die Nachwendezeit als beruflichen Einschnitt erlebt haben, zeigt sich das deutlich.[10] Ein Ingenieur, der nach dem Mauerfall sein eigenes erfolgreiches Unternehmen gründete, erinnert sich: »Ich hab' gesagt, na gut wenn ihr unbedingt jetzt Wiedervereinigung wollt, ich denke, ich kann mit der Marktwirtschaft gut umgehen [...] Aber dann müssen wir uns alle bewegen, ja?« Und er führt weiter aus, dass man nach der Wende »ja die Möglichkeit hatte«, dass es trotz des Kahlschlags am Arbeitsmarkt letztlich eine Frage der Einstellung war: »Wenn ich von vornherein zumache und sage, jetzt haben sie mir das weggenommen und jetzt seht doch mal zu, dass ihr mich qualifiziert [...], dann muss ich sagen: Mensch, hey, du bist doch ein Stück weit für dich selber verantwortlich!«

Ein anderer Gesprächspartner erklärt, dass die weitverbreitete Arbeitslosigkeit in den frühen neunziger Jahren zwar eine gemeinsame Erfahrung war und Einzelne zunächst keine Schuld traf. Doch »15 oder 20 Jahre nach der Wende« könne »man nicht das System dafür verantwortlich machen, wenn einer einfach keinen Job findet«. Er markiert hier eine zeitliche Grenze, ab wann das Leistungsprinzip wieder uneingeschränkt galt. Dabei zeigen

Lebenslaufstudien, dass Erfahrungen mit Arbeitslosigkeit in den ersten Jahren nach der Wende sogar die Wahrscheinlichkeit erhöhten, später erneut den Job zu verlieren. Sogar Personen, die selbst mehrmals arbeitslos waren, halten jedoch an der Orientierung an individueller Leistung als Gestaltungsprinzip der eigenen biografischen Erzählung fest – das gibt ihnen die Möglichkeit zu sagen, dass sie Verantwortung übernommen und die schwierigen wirtschaftlichen Zeiten gemeistert haben.

Viele dieser Erinnerungen bringen eine moralische Verankerung des Leistungsprinzips als Norm zum Ausdruck. Die Erzählungen spiegeln oft ein Abwägen der Gründe wider, warum Einzelpersonen nach der Wende wirtschaftlich ins Straucheln gerieten: Einerseits werden strukturelle Benachteiligungen wie Alter, Krankheit oder fehlende soziale Netzwerke anerkannt, andererseits wird die Rolle von individueller Motivation und Charaktereigenschaften besonders betont. Am Ende – und hier verdichten sich biografische Erinnerungen zu Ungleichheitslegitimationen – liegt die Beweislast allerdings bei Argumenten, die die Gültigkeit der individuellen Leistungsnorm infrage stellen.

Das ist jedoch nicht als Anpassungseifer an die westdeutsche Gesellschaft zu verstehen. Ein wichtiger immanenter Gehalt dieser Erinnerungen ist die scharf markierte Grenze zur DDR-Günstlingswirtschaft und den allgegenwärtigen politischen Netzwerken der Parteigänger – den »Kadern« und »roten Direktoren« in den staatssozialistischen Betrieben. Es ist die Abgrenzung zu einem Modus der Ressourcenallokation, in dem einzelne Personen Positionen und Anerkennung nicht auf der Grundlage dessen bekommen, was sie *tun*, sondern wer sie

10 Till Hilmar, *Deserved. Economic Memories After the Fall of the Iron Curtain.* New York: Columbia University Press 2023.

sind. Das wird als ungerecht wahrgenommen, denn die einzige »Qualifikation« ist in diesem Fall, dass sie sich loyal gegenüber denen zeigen, die etwas zu verteilen haben.

In der ostdeutschen Erinnerung an die Transformationszeit taucht der Begriff des »Wendehalses« auf – eine Personifizierung dieses Ungerechtigkeitsprinzips, die die Opportunisten von damals als Relikte der DDR-Vergangenheit beschreibt, die nach 1989 in neuer Form wieder auftauchten. Sich vom »Wendehals« abzugrenzen, also Distanz zu jenen zu wahren, die sich nach der Wende mit fragwürdigen Methoden bereichern wollten, ist ein moralisches Grundprinzip in vielen Erzählungen. Ein Ingenieur Ende sechzig, der nach der Wende mehrfach arbeitslos wurde und sich immer wieder neu orientieren musste, bezeichnet diese Leute als jene, die schon vor der Wende »Wasser gepredigt und Wein getrunken haben« und später zu Hauptideologen des Marktes wurden. Nach der Wende, so erzählt er, hätten diese Personen in Berufen wie »Wirtschaftsberater«, »Verkaufsleute« oder »Versicherungsvertreter« Fuß gefasst – Tätigkeiten, die aus seiner Sicht mit produktiver Arbeit nichts zu tun haben und nichts zur Gemeinschaft beitragen. Stattdessen stehen sie für schnellen, jedoch unverdienten wirtschaftlichen Erfolg.

Demgegenüber wird »technische Kompetenz« und die Fähigkeit, »den Dingen auf den Grund zu gehen«, oft als legitimes – und genuin ostdeutsches – Prinzip hinter wirtschaftlichem Erfolg erzählt. Wer genau hinhört, erkennt, dass die Betonung individueller Leistung sogar mit einem Egalitätsprinzip verbunden wird – nämlich mit der Vorstellung, dass die Bedingungen in den frühen 1990er Jahren für alle gewissermaßen gleich waren, dass sich

also jeder und jede gleichermaßen anstrengen musste und niemand sich einen Sonderstatus herausnehmen durfte. Die Konstruktion von verdienter Leistung spielt in vielen Lebensgeschichten eine elementare Rolle. Das Bedürfnis, die eigene Biografie als moralisch konsistent und die eigenen beruflichen Erfolge als verdient darzustellen, ist allgegenwärtig.

Strukturelle Blockaden

Für viele Jahre, ja sogar Jahrzehnte wurde dieses ostdeutsche Selbstverständnis in der gesamtdeutschen Öffentlichkeit ignoriert oder abgetan. In den ersten beiden Nachwendejahrzehnten war häufig zu hören, die ostdeutschen Betriebe müssten »entrümpelt« werden. Dass die ostdeutsche Wirtschaft nicht produktiv genug sei, weil das ökonomische Erbe des DDR-Sozialismus dem Leistungsparadigma diametral entgegenstehe. Der Münchner Ökonom Hans-Werner Sinn war der Meinung, die Ursache der Produktivitätslücke zwischen West und Ost läge darin, dass ostdeutsche Arbeit nach der Wende zu großzügig entlohnt worden sei (er nannte es das »Mezzogiorno-Problem«).[11]

Der Soziologe Thomas Roethe veröffentlichte 1999 eine polemische Streitschrift, in der er den Ostdeutschen eine grundsätzliche Unwilligkeit zur leistungsorientierten Arbeit attestierte. Mit stark metaphorisch aufgeladenen Bildern charakterisierte er sie im Sinne einer »moral panic« als Konsumierende, die auf Kosten der westdeutschen Produktivität und des

---

11 Hans Werner Sinn / Hubert Giersch, *Unser Mezzogiorno an der Elbe*: In: *SZ* vom 29. September 2000 (hanswernersinn.de/de/medienecho_201777_ifostimme-sz29-09-00).

westdeutschen Sozialmodells ihren Lebensstil genössen. Solche Deutungen wirken bis heute nach.[12]

Ein Verdienst des Historikers Marcus Böick war es, aufzuzeigen, dass der Diskurs über den »Aufbau Ost« die vielfachen Konsequenzen der Privatisierungen der neunziger Jahre, insbesondere der Treuhandanstalt, nicht systematisch berücksichtigte.[13] Ansonsten hätte man die zahlreichen strukturellen Blockaden – wie fehlende Investitionen, kleine Betriebsgrößen, die Dominanz westdeutscher Netzwerke und die Schwierigkeit, sich auf westdeutschen Märkten zu etablieren –, die durch die Privatisierung erst gefestigt wurden, deutlicher gesehen. Und hätte die ostdeutschen Erwerbstätigen nicht für die ökonomischen Fehlentwicklungen verantwortlich gemacht.

Wie folgenreich diese Zuschreibungen sind, wird im Vergleich mit anderen postsozialistischen Gesellschaften deutlich.[14] Die Tschechische Republik bietet sich als Vergleichsfall an. Vor 1989 hatten die DDR und die Tschechoslowakische Sozialistische Republik ähnliche soziale und wirtschaftliche Modelle entwickelt. Claus Offe bezeichnete sie als die beiden staatssozialistischen »Vorzeigemodelle«, die das Prinzip der »wirtschaftlichen Integration« als eine Art Gesellschaftsvertrag hochhielten.[15] Beide Länder verfügten über starke industrielle Traditionen und waren von großen staatseigenen Unternehmen dominiert. Es herrschte nahezu Vollbeschäftigung sowohl für Männer als auch für Frauen. Stolz auf die technischen Traditionen, ein Erbe der industriellen Kernregionen entlang der Elbe, war weit verbreitet und wurde von den Regimen gezielt in Form eines wirtschaftlichen Nationalismus propagiert.

Die Revolutionen von 1989 führten die beiden Gesellschaften in radikal unterschiedliche politische und wirtschaftliche Richtungen. Deutschland wurde vereint, die Tschechoslowakei aufgeteilt. Wirtschaftlich erlebte Ostdeutschland einen tiefgreifenden Bruch, während in Tschechien die industriellen Strukturen stärker bewahrt wurden. Allerdings stagnierten dort die Löhne, insbesondere im öffentlichen Sektor, auf einem außerordentlich niedrigen Niveau, weit über die erste Dekade nach 1989 hinaus.

Ein zentraler Unterschied lag in der Art und Weise, wie mit diesem Leistungserbe jeweils umgegangen wurde: In Tschechien wurden die Bürger nach der Revolution konsequent als »hart arbeitend« und als männlich-ausdauernd angesprochen. Diese Rhetorik verdeckte die wachsenden Ungleichheiten, aber die symbolische Ressource des Leistungsstolzes der Industriegesellschaft wurde dort in den neunziger Jahren – zumindest auf der Ebene der öffentlichen Kommunikation – nicht gebrochen.

12 Thomas Roethe, *Arbeiten wie bei Honecker, leben wie bei Kohl. Ein Plädoyer für das Ende der Schonfrist*. Frankfurt: Eichborn 1999.

13 Marcus Böick / Christoph Lorke, *Zwischen Aufschwung und Anpassung. Eine kleine Geschichte des »Aufbau Ost«*. Bonn: Bundeszentrale für politische Bildung 2022.

14 Hanna Haag / Till Hilmar (Hrsg.), *Erinnerung des Umbruchs, Umbruch der Erinnerung. Die Nachwendezeit im deutschen und ostmitteleuropäischen Gedächtnis*. Wiesbaden: Springer VS 2024.

15 Claus Offe, *The Varieties of Transition. The East European and the East German Experience*. Cambridge: Polity 1996.

Vor einigen Jahren wurde das Thema der ostdeutschen Leistung in einer breiteren Öffentlichkeit auf Initiative der SPD-Politikerin Petra Köpping diskutiert.[16] Durch biografische Gespräche hat sie nachgezeichnet, welch wichtige Rolle das Gefühl, die eigene Leistung und der eigene Leistungswille wären nach der Wende nicht anerkennt worden, für viele Menschen spielt. Das wurde in der öffentlichen Debatte, die ihre Intervention angestoßen hatte, aber rasch wieder verwässert. Darin wurde bezeichnenderweise nicht über ostdeutsche Leistung gesprochen, sondern vielmehr über die Frage der ostdeutschen »Lebensleistung«. Das war eine Begriffsschöpfung, die sicherlich aus wohlmeinenden Intentionen heraus entstand. Aber sie verschob die Bedeutung vom Ökonomischen hin zu einer unspezifischen, künstlichen Anerkennungskategorie und verfehlte damit den Kern der Problematik – und die Stimmen der betroffenen Menschen.

Die Corona-Pandemie hat einiges aufgebrochen und latente Deutungen an die Oberfläche gebracht. Vielleicht weil es sich hier erneut um ein historisches Ereignis mit weitreichenden ökonomischen Konsequenzen handelte, um einen Kontext, in dem Opfererzählungen relevant werden. Als Zäsur, die wirtschaftliche und gesellschaftliche Lebensbereiche gleichermaßen betraf, ist die Pandemie vergleichbar mit 1989/90. So manch einer musste im Osten während der Corona-Jahre beim Thema »Kurzarbeit« wohl auch schlucken – man fühlte sich an die frühen 1990er Jahre erinnert.

Zweifelsfrei hat die Pandemie das Leistungsversprechen (erneut) untergraben. Deutlicher als vielleicht je zuvor wurden die vielfachen sozialen und ökonomischen Ungleichheiten innerhalb der deutschen Gesellschaft sichtbar – die widrigen und ausbeuterischen Bedingungen in der Pflege, in der Logistik, in der Gastronomie, im Niedriglohnsektor überhaupt. In einem solchen gesellschaftlichen Klima wächst das Bedürfnis, den eigenen ökonomischen Opferstatus auszudrücken, und der Wunsch, ihn durch einen Akt politischer Ermächtigung zu überwinden.

Staat vs. Markt in der Erinnerung

Die AfD wie auch das BSW rufen aktuell noch eine weitere ökonomische Erinnerung an die neunziger Jahre auf, die durch die Pandemieerfahrung angereichert ist und ebenfalls mit Leistungssemantiken zusammenhängt: das Motiv der Bürokratisierung und der »überbordenden«, »irrationalen« staatlichen Tätigkeit. Die Ausweitung von Staatlichkeit, so zeigt sich in biografischen Gesprächen, wird oft als Blockade von Leistungschancen im Osten der neunziger Jahre erinnert. Sie wird mit sehr unterschiedlichen, als Beschränkung der eigenen Autonomie wahrgenommen Erfahrungen am Arbeitsplatz verknüpft – sei es das Umsetzen westdeutscher Normen in der Bauwirtschaft, seien es versicherungstechnisch bedingte Regularien im Umgang mit Patientinnen in der Altenpflege. Analog dazu wird von manchen die Treuhandprivatisierung nicht als die Umsetzung des Marktprinzips, sondern vielmehr als eine willkürliche und wirtschaftlich ineffiziente Form der (westdeutschen) staatlichen Intervention erinnert.

16 Petra Köpping, *Integriert doch erstmal uns! Eine Streitschrift für den Osten*. Berlin: Ch. Links 2019.

Diese Deutungen spielen vermutlich eine Rolle dafür, dass »Bürokratieabbau« im Osten heute ein derart erfolgreiches Signalwort ist. Sahra Wagenknecht hat im November 2024 die Abschaffung des Heizungsgesetzes der Ampelregierung mit dem Hinweis darauf gefordert, dass dieses Gesetz ein illegitimes »Hineinregieren« in eine Sphäre sei, in der der Staat nichts verloren habe.[17] Das passt zu einem globalen Trend, bei dem Rechtslibertäre bestimmte Formen von Staatlichkeit als »verschwenderisch« darstellen – siehe nur das geplante »Department of Government Efficiency« der Trump-Regierung. Im ostdeutschen Kontext knüpfen solche Argumente tendenziell an Semantiken der »Unproduktivität« der DDR-Zeit beziehungsweise der »Produktivitätslücke« der Nachwendezeit an.

Wurzeln in der Vergangenheit

Ist es denkbar, dass Bezüge zur Vergangenheit und die Deutungen ökonomischer Erfahrungen der Transformationszeit das politische Bewusstsein stärker prägen als aktuelle Erlebnisse? Der Politikwissenschaftler Philip Manow hat dazu vor wenigen Jahren ein bemerkenswertes empirisches Ergebnis präsentiert: Nicht die aktuelle Arbeitslosigkeit, sondern vergangene Erfahrungen von Arbeitslosigkeit erklären laut seiner Studie die Wahlabsicht für die AfD unter Ostdeutschen.[18]

Auf jeden Fall scheint es wichtig, anzuerkennen, dass die Erinnerungen an die neunziger Jahre und die prägenden ökonomischen Erfahrungen dieser Zeit wie ein Deutungsrahmen wirken, durch den aktuelle Entwicklungen gesehen und verstanden werden. Auch in Begegnungen am Arbeitsplatz und vor dem Supermarktregal zeigt sich, dass es nicht allein die gegenwärtige Situation ist, die das Denken, Handeln und Fühlen der Menschen beeinflusst. Viele der relevanten sozialen Erfahrungen rund um wirtschaftliches Leben – insbesondere solche, die den Sinn für Gerechtigkeit langfristig formen – wurzeln in der Vergangenheit.[19] Diese Erfahrungen bleiben wirksam und beschäftigen die Menschen bis heute.

Vergegenwärtigungen dieser Art erfolgen allerdings nicht beliebig, sondern sind von bestimmten strukturellen Bedingungen geprägt. In Ostdeutschland sind das die von Steffen Mau so bezeichneten »Flurschäden« der Transformation wie große regionale Disparitäten, ein weitverbreiteter Niedriglohnsektor, geringe soziale Mobilität und fehlendes Kapital (die Vermögen ostdeutscher Haushalte, daran erinnert Mau, sind nur halb so groß wie die westdeutscher).[20] Ostdeutschland ist heute ein »Land der kleinen Leute«, geprägt durch die vielfachen Verwerfungen der Nachwendezeit.

Welche Aspekte solcher Ungleichheiten zu Identitätsfragen werden, lässt sich al-

17 Uwe Witt, *Der schräge Klimakampf des BSW*. Rosa-Luxemburg-Stiftung vom 22. November 2024 (rosalux.de/news/id/52770/der-schraege-klimakampf-des-bsw).

18 Philip Manow, *Die Politische Ökonomie des Populismus*. Berlin: Suhrkamp 2018.

19 Veronika Pehe / Joanna Wawrzyniak (Hrsg), *Remembering the Neoliberal Turn: Economic Change and Collective Memory in Eastern Europe After 1989*. New York: Routledge 2023.

20 Steffen Mau, *Ungleich vereint. Warum der Osten anders bleibt*. Berlin: Suhrkamp 2024.

lerdings nicht allein aus der Sozialstruktur heraus erklären. Hier kommen Akteure und ihre affektiven, mit politischen Emotionen kolorierten Botschaften ins Spiel. AfD und BSW prägen das Terrain – die AfD kann sich dabei auf ihre mittlerweile starke lokalpolitische und zivilgesellschaftliche Verankerung stützen. Sie tun dies unter anderem durch ökonomische Opfererzählungen, durch das Andeuten bestimmter Erfahrungen und die suggerierte Überwindung des Stigmas als moralische Ermächtigung. Es ist durchaus eine Kunst, kollektive Deutungsmuster zu dekodieren, gezielt aufzugreifen und zu verstärken – ein Zugriff, der es ermöglicht, Scham zu überwinden und den ökonomischen Opferstatus zu mobilisieren.

Möglicherweise gelingt es den beiden Akteuren damit auch, an ein deutsches Einheitsversprechen symbolisch anzuknüpfen – denn Leistung erscheint als gesamtdeutscher Leitwert, der deutlich »neutraler« wirkt als die mittlerweile oft verhär-

teten politischen Identitätskonflikte zwischen Ost und West.

Eine monokausale Erklärung für den Aufstieg von AfD und BSW wird sich nicht finden lassen. Auch ist es zu kurz gedacht, in der AfD ein rein »ostdeutsches Phänomen« zu sehen. Die ökonomische Opfererzählung ist sicherlich nur ein Aspekt unter anderen. Trotzdem sollte sie mehr systematische Beachtung finden. Denn die Diagnose, dass wirtschaftliche Ursachen angesichts der Arbeitsmarktlage oder anderer aktueller Indikatoren keine Rolle spielen, und die in der Sozialforschung gängige Trennung zwischen wirtschaftlichen und kulturellen Erklärungen sind wenig hilfreich, will man den Erfolg von AfD und BSW besser verstehen und zivilgesellschaftliche und politische Gegenstrategien entwickeln. Die wichtige Frage lautet, warum die affektive und moralische Deutung von wirtschaftlichen Erfahrungen, die Menschen im Alltag machen, derzeit ausgerechnet von diesen beiden Parteien so erfolgreich genutzt wird.

Rückkehr zu Bahr?

Von Ian Klinke

Mit dem Vorwurf konfrontiert, durch Phlegma und Naivität einen Angriffskrieg begünstigt zu haben, machte man sich in Deutschland zerknirscht auf die Suche nach den Schuldigen. Die Vorwürfe konzentrierten sich zunächst auf Angela Merkel. Im nächsten Schritt geriet dann ihr Vorgänger, der bekennende Putin-Männerfreund Gerhard Schröder, ins Visier.

Bald darauf jedoch wurde mit dem 2015 verstorbenen Egon Bahr ein dritter Kandidat ausgemacht: Lag die Wurzel des Problems nicht womöglich in der von ihm maßgeblich gestalteten russlandfreundlichen Ostpolitik der 1970er Jahre? War es nicht Bahr gewesen, mit dem Gerhard Schröder 1989 in die ölreiche Region Tjumen gereist war? War es nicht Bahr gewesen, dessen Rat Schröder während seiner Amtszeit immer wieder eingeholt hatte? Und war es nicht auch Bahr gewesen, der stets für niedrige Verteidigungsausgaben, aber auch für Nachsicht mit Autokraten plädiert hatte?

Selbst sozialdemokratische Intellektuelle fanden nun, es sei höchste Zeit, den vermeintlichen Friedenspolitiker zu entmystifizieren.[1]

Wer in den letzten Jahren das Willy-Brandt-Haus betreten hat, weiß, wie heiß gerade dort die angemessene Haltung gegenüber dem ehemaligen Bundesgeschäftsführer der Partei diskutiert wird. Viele versuchen fieberhaft zu retten, was zu retten ist, indem sie eine geglückte von einer missratenen Ostpolitik zu unterscheiden suchen. Der Bruch wird dabei wahlweise im Jahr 2014, 2007, 1999, mitunter aber auch um 1990 oder gar um 1980 verortet. Andere verweisen auf die grundlegende Differenz zwischen dem moralisch denkenden Visionär Brandt und dem rücksichtslosen Realpolitiker Bahr. Tatsächlich attestieren sogar Weggefährten wie Wolfgang Thierse Bahr »eine geradezu brutale Nüchternheit«. Der Mitbegründer der Ost-SPD Markus Meckel spricht ganz offen von »Egons imperialem Denken«.[2] Die Frage, wie mit dem Vermächtnis der Ostpolitik – und vor allem ihrer faktischen Fortführung nach 1990 – umzugehen sei, ist für die SPD ungelöst. Tatsächlich stellt sie sich aber keineswegs der SPD allein.

Atlantiker versuchen manchmal, die Errungenschaften der Ostpolitik, für die Brandt 1971 immerhin den Friedensnobelpreis erhielt, kleinzureden: den Gewaltverzicht, die Normalisierung und die An-erkennung der Oder-Neiße Line. In aller Regel übergehen sie dabei stillschweigend, dass auch nachfolgende Regierungen, ob mit oder ohne sozialdemokratische Beteiligung, damit nicht brechen wollten. So überstand die Ostpolitik nicht nur den Spionageskandal von 1974, sondern auch die konservative Regierungsübernahme 1982 und in gewisser Weise sogar den Zusammenbruch der DDR. (Bahr wurde im Übrigen schnell vergeben, dass er um die Wendezeit als Wiedervereinigungsskeptiker hervorgetreten war.)

Der Begriff »Ostpolitik« war irgendwann aus der Tagespolitik verschwunden, bis er in den Merkel-Jahren von Sozialdemokraten wie Frank-Walter Steinmeier und Matthias Platzeck wiederbelebt wurde. In den späten 1990er Jahren war daraus allerdings eine pragmatische und oft krude »Russland zuerst«-Strategie geworden, die die eigenen wirtschaftlichen Interessen über die Sicherheitsbedenken kleinerer mittel- und osteuropäischer Staaten stellte. Führende Politiker wiederholten das Mantra, dass Sicherheit nur »mit und nicht gegen Russland« aufzubauen sei – ein Grundsatz, den Bahr in den 1990ern geprägt hatte und der nicht nur von Schröder, Steinmeier und Gabriel übernommen wurde, sondern auch von Angela Merkel und, selbst noch in den schicksalhaften Tagen vor der Invasion, von Olaf Scholz.[3]

Die wesentlichen Konturen der späteren Ostpolitik unter Willy Brandt hatte Bahr bereits im Juli 1963 bei einer Tagung in Tutzing öffentlich vorgestellt, bei der

1 Heinrich August Winkler, *Der Tabubruch von Tutzing*. In: *FAZ* vom 10. Juli 2023.
2 Gespräch des Autors mit Wolfgang Thierse im Juli 2024; Zwischenruf von Markus Meckel am 2. August 2024 bei der Buchvorstellung von *Doppelter Geschichtsbruch* (Hrsg. v. Peter Brandt, Dieter Segert u. Gert Weisskirchen) im Willy-Brandt Haus.
3 Bundesregierung, *Kanzler Scholz über die Bedeutung des Dialogs mit Russland* vom 16. Februar 2022 (www.bundesregierung.de/breg-de/suche/kanzler-scholz-ueber-die-bedeutung-des-dialogs-mit-russland-2005846).

unter anderem die Frage nach den Chancen auf eine Wiedervereinigung der beiden deutschen Staaten diskutiert wurde. Brandt war damals noch Regierender Bürgermeister von West-Berlin, Bahr sein Presseamtschef. Unter dem Titel »Wandel durch Annäherung« kritisierte Bahr die Politik der Regierung Adenauer, die, der Hallstein-Doktrin folgend, auf der Nichtanerkennung der DDR beruhte und auf einen baldigen Regimewechsel setzte, als unrealistisch.

Bahr stellte einen anderen Ansatz vor: eine »Politik der kleinen Schritte«, die darauf abzielte, Veränderungen auf lange Sicht herbeizuführen, wobei der erste Schritt zur Änderung des Status quo darin lag, diesen als solchen überhaupt zu akzeptieren. Bahr erkannte auch schon früh, dass in Moskau der Schlüssel zu jener Strategie lag, die auf eine teilweise Anerkennung der DDR abzielte. Dabei waren wirtschaftliche Anreize von entscheidender Bedeutung. Obwohl Bahr die Losung »Wandel durch Handel« erst später verwendete, ist deren Logik in der Rede von 1963 bereits enthalten. Es war die Zusammenarbeit im Energiesektor nach dem Erdgas-Röhren-Vertrag von 1970, die das nachhaltigste Erbe der Ostpolitik darstellte. Unternehmen wie Thyssen oder Mannesmann lieferten der Sowjetunion neue Infrastruktur, die Moskau mit der Lieferung billiger Energie zurückzahlte. Schon in den späten 1980er Jahren lag die Abhängigkeit von sowjetischem Gas bei 50 Prozent. Bahr zierte seine Bücher in den Neunzigern kommentarlos mit Karten, die russische und zentralasiatische Gas- und Ölreserven zeigten.

Ohne die Unterstützung Henry Kissingers hätte Bahr mit seinen Bemühungen, eine neue Ostpolitik zu installieren, vermutlich wenig Erfolg gehabt. Die Arbeitsbeziehung der beiden begann, bevor sie an die Regierung kamen. Sie standen seit 1962 in Kontakt, ab 1964 tauschte sich Kissinger mit seinem deutschen Amtskollegen aus, um mehr über die Außenpolitik der SPD zu erfahren. In den frühen 1970er Jahren kultivierten sie ihre berühmte Praxis der Back-Channel-Diplomatie, als deren Höhepunkt die Unterzeichnung der Ostverträge gilt.[4] Ihre Partnerschaft und auch ihr gemeinsamer jüdischer Hintergrund erregten mediale Aufmerksamkeit. So nannte die *New York Post* Bahr 1973 »Brandts Kissinger« und die Zusammenarbeit der beiden eine »Rache an Hitler«.[5] Unter den

4 Wie aus ihrem persönlichen Briefwechsel hervorgeht, entwickelte sich ab Mitte der 1970er Jahre langsam eine Art Freundschaft zwischen den beiden Männern. Die Beziehung scheint allerdings nicht ohne Spannungen gewesen zu sein. Kissinger nannte Bahr 1970 privat ein »Reptil« und einen »kleinen Bastard«. Vgl. Jean-François Juneau, *The limits of linkage: The Nixon Administration and Willy Brandt's »Ostpolitik« 1969–72*. In: *International History Review*, Nr. 33/2, 2011. 1979 ließ Kissinger sich in seinen Memoiren darüber aus, dass Bahr die Anerkennung aller westlichen Zugeständnisse bei den »Sowjets« für sich beanspruchte.

5 *Brandt's Kissinger*. In: *New York Post* vom 10. Oktober 1973. Die auflagenstärkste Boulevardzeitung Westdeutschlands wies außerdem auf einen weiteren vermeintlichen Unterschied hin: Kissinger sei im Gegensatz zu Bahr überzeugter Antikommunist (*Bild* vom 19. Juli 1971 »Schade, schade! Wir haben den falschen Heinz«). Dass diese Gegenüberstellung so nicht ganz stimmte, zeigte sowohl Bahrs Unterstützung des Radikalenerlasses von 1972 als auch Kissingers diplomatische Annäherung an China. Aber Bahr sah die Dinge tatsächlich gerne aus der Perspektive von kommunistischen Führungskräften, eine Praxis, die er auch nach dem Fall des Eisernen Vorhangs fortsetzte. So

Teppich gekehrt wurde dabei, dass sich die persönliche Geschichte der beiden Männer in einem entscheidenden Aspekt unterschied: Während Kissinger gegen das »Dritte Reich« gekämpft hatte, hatte Bahr in der Wehrmacht gedient.

Zu Kissingers imperialem Krieg in Vietnam schwiegen sowohl Bahr als auch Brandt – und wurden belohnt. Im Januar 1973 informierte Bahr den Bundeskanzler in einem Geheimdokument darüber, dass die Amerikaner ihre Dankbarkeit für dieses Schweigen zum Ausdruck gebracht hatten.[6] Während der Friedensnobelpreisträger Brandt moralische Bedenken hinsichtlich seiner stillschweigenden Unterstützung der rücksichtslosen Zerstörung Vietnams und des benachbarten Kambodscha hatte, deutet nichts darauf hin, dass Bahr diese Skrupel geteilt hätte.

Auch nach dem Kanzlerwechsel 1974 behielt Bahr erheblichen Einfluss, nicht nur auf seine Partei, sondern auch auf die deutsche Öffentlichkeit und auf die nachfolgenden Regierungen. Helmut Schmidt verließ sich trotz Differenzen weiterhin auf ihn; der SPD-Vordenker hatte dann auch gute Kontakte zu den Regierungen unter Kohl. Schröder wurde 2002 von Bahr überzeugt, dass es Zeit war, Washington zu trotzen (die Konsequenz war der größte außenpolitische Erfolg Schröders, das Nein zum Irakkrieg). Steinmeier berief sich wiederholt auf Bahr, nicht zuletzt bei der sogenannten Modernisierungspartnerschaft mit Russland.

Bahr behielt ein Büro im Willy-Brandt-Haus, wo er problemlos Treffen mit führenden Sozialdemokraten vereinbaren konnte. Jüngere Mitarbeiter machten gerne ein Selfie mit ihm, wenn sie ihn im Gebäude sahen. Bahr blieb nicht nur eine Schlüsselfigur in seiner Partei, er entwickelte mit zunehmendem Alter auch überparteiliche Strahlkraft. Während FDP-Chef Christian Lindner ihn 2015 als »großen Mann« bezeichnete, ehrten Konservative wie Edmund Stoiber Bahr noch 2022. Auch Angela Merkel wurde 2021 von der konservativen Presse dafür gelobt, dass sie Bahrs Realpolitik treugeblieben war.[7]

Bahr hatte, wie andere politische Realisten, immer vor einem Krieg zwischen den Großmächten, vor allem zwischen nuklear bewaffneten, gewarnt. Er war dafür durchaus bereit, kleinere Kriege und andere Formen der gewaltsamen Unterdrückung zu akzeptieren. So hat er sich nie als Freund der Ukraine einen Ruf gemacht, seine Publikationen ignorierten das Land gerne. Nach 2014 sprach er sich dann gegen Sanktionen und zugleich dafür aus, die Zugehörigkeit der Krim zu Russland zu »respektieren«, ohne sie völkerrechtlich anzuerkennen,[8] ganz im Sinne der Lehren seiner Ostpolitik (auch die DDR war völkerrechtlich nie anerkannt worden). Noch kurz vor seinem Tod fuhr er nach Moskau, um für mehr Entgegenkommen für Russ-

machte er beispielsweise kein Hehl daraus, dass er das Exil Erich Honeckers als sinnlose Demütigung empfand.

6 Egon Bahr, *Fernschreiben, streng vertraulich! Brief an Willy Brandt vom 8. Januar 1973.* Friedrich-Ebert-Stiftung, Nachlass Egon Bahr, 1/EBAA900436.

7 Jacques Schuster, *Merkel befolgt die Regeln der brandtschen Ostpolitik – und hat Erfolg.* In: *Welt* vom 18. November 2021 (www.welt.de/debatte/kommentare/article235141258/Belarus-Krise-Merkel-befolgt-die-Regeln-der-brandtschen-Ostpolitik.html).

8 *Egon Bahr für Respektierung der Krim-Annexion.* In: *Spiegel* vom 25. November 2024 (spiegel.de/politik/ausland/egon-bahr-fuer-respektierung-der-krim-annexion-a-1005025.html).

land zu werben. Für Putins Kritiker hatte er wenig Verständnis. In Interviews bezeichnete er den russischen Präsidenten stets als rational kalkulierenden Politiker. Putin hat seit Bahrs Tod regelmäßig dessen Nato-Skepsis gelobt, zuletzt 2024 im Interview mit dem US-amerikanischen Journalisten Tucker Carlson.[9]

Während Bahrs Lobby in der SPD seit Beginn des Ukrainekriegs erheblich geschrumpft ist, stößt seine Haltung bei den Parteien Die Linke und Bündnis Sahra Wagenknecht (BSW) auf positive Resonanz. Es ist nicht neu, dass Bahrs Ansichten auch außerhalb der deutschen Sozialdemokratie Bewunderung finden. Sogar am rechten Rand fand er Resonanz. So wurde er lange Zeit von konservativen Disputanten des Historikerstreits wie Michael Stürmer beklatscht und von rechtsextremen Intellektuellen wie dem AfD-Vordenker Karlheinz Weißmann geachtet. Bahr selbst scheute keine Kontakte mit deutschen Rechtsextremen. Sein Interview mit der neurechten Zeitung *Junge Freiheit* ist berüchtigt, wie auch seine Teilnahme auf einer Veranstaltung des Verschwörungsmagazins *Compact*. Dies war aber nicht seine einzige Berührung mit Verschwörungstheorien. Kurz vor seinem Tod war Bahr überzeugt, der damalige Vizepräsident Joe Biden hätte seinen Sohn Hunter in der ukrainischen Regierung installiert, um Geheimdienstinformationen zu sammeln.[10] Es ist daher vielleicht gar nicht so überraschend, dass Matthias Moosdorf,

der außenpolitische Sprecher der AfD, im Gespräch zugibt, die außenpolitischen Verpflichtungen seiner Partei seien »fast identisch« mit Bahrs Ostpolitik, »wenn auch mit veränderten Vorzeichen«.[11]

Bahr muss also als gesamtdeutsches Phänomen – und Problem – verstanden werden. Auch zehn Jahre nach seinem Tod bleibt er der wohl angesehenste Nato-Kritiker Deutschlands. Tatsächlich wird Bahr oft als Friedensaktivist in Erinnerung gerufen, der sich gegen Atomwaffen und für die kollektive Sicherheit einsetzte, nicht zuletzt in seiner Position als Direktor des Hamburger Instituts für Friedensforschung und Sicherheitspolitik (IFSH) und als Vorstandsmitglied des Stockholmer Internationalen Friedensforschungsinstituts (SIPRI). Doch obwohl einige von Bahrs Positionen klassisch liberal wirken, etwa seine Überzeugung, politischer Wandel entstehe aus zunehmender wirtschaftlicher Interdependenz, lässt die Breite seiner Positionen ein tiefes Eintauchen in geopolitische Argumentationsformen erkennen.

Hier ist letztlich auch Bahrs nachhaltigstes Erbe anzusiedeln: die Normalisierung der Geopolitik innerhalb der deutschen Sozialdemokratie. Zu Beginn des Kalten Krieges wurden Konservative, die es gewagt hatten, im Parlament die Sprache der Geopolitik zu verwenden, von der SPD noch niedergeschrien.[12] Bahr sprach jedoch schon bald ganz unmissverständlich von Einflusssphären, Machtvakua und Großräumen. Für ihn hatte der Kalte Krieg eine stabile Ordnung geschaffen, auch wenn sie

9 *Interview to Tucker Carlson.* In: *Kremlin* vom 9. Februar 2024 (en.kremlin.ru/events/president/news/73411).

10 *Egon Bahr zu Russland, der Ukraine und den USA.* Interview mit Elisabeth Raiser von 2015 (youtube.com/watch?v=_JUIpSymve4).

11 Interview des Autors mit Matthias Moosdorf im Juli 2024.

12 Protokoll der 69. Sitzung des Deutschen Bundestages vom 24. Februar 1955 (dipbt.bundestag.de/doc/btp/02/02069.pdf).

der Wiedervereinigung im Weg stand. Der Schlüssel zur Schaffung stabiler Ordnungen nach 1991 war, wie zuvor schon, die kalte Analyse der vorherrschenden Machtverhältnisse, bei denen insbesondere die militärische Dimension und der nukleare Status im Vordergrund standen. Andere Bereiche blieben weitestgehend unbeleuchtet.

Es wäre sicherlich absurd, die Bahr'sche Ostpolitik mit dem nationalliberalen Lebensraumimperialismus eines Friedrich Ratzel (1844–1904) gleichzusetzen. Aber ganz so groß ist die Kluft dann doch nicht. So fehlte es auch unter den deutschen Geopolitikern der dreißiger Jahre nicht an Kontinentalblockdenkern und Nationalbolschewisten. Ferner offenbart der ein oder andere Fehltritt eines Ostpolitikers in der Gegenwart weitere Berührungspunkte zum Lebensraumdenken.[13] Bahr war kein Theoretiker – er ließ sich weder von der Theorie der internationalen Beziehungen noch vom Kanon sozialistischen Denkens inspirieren. Er machte kein Hehl aus seiner tiefen Bewunderung für Bismarck, den er »den Virtuosen des Möglichen« nannte.[14] Willy Brandt wehrte sich zunächst, als Bahr unter Brandts Namen einen Artikel veröffentlichen wollte, der sich auf Bismarck berief, gab dann aber nach. Der Aufsatz erschien am 27. März 1965 in der *Welt* und wurde von Frank-Walter Steinmeier nach der Annexion der Krim in einer Rede wieder aufgegriffen.[15] Obwohl Bismarck in

dem Artikel nicht unkritisch rezipiert wurde, war er das »Genie«, das Machtpolitik mit Verstand und Proportionalität im nationalen Interesse ausgeübt hatte. Als solches verstand sich auch Bahr.

Wer sich mit Menschen unterhält, die mit Egon Bahr zusammengearbeitet haben, bekommt den Eindruck eines Mannes, der sowohl gemocht als auch geschätzt war, jemand, der neue Parlamentarier auf einen Pflaumenschnaps einlud und seine stets aphoristisch verkündeten Weisheiten gerne im Gespräch mit anderen teilte. Was ihm allerdings fehlte, war die Fähigkeit, seine Positionen grundlegend zu hinterfragen und neuen Verhältnissen anzupassen. Jene, die mit seinem Denken auf einer professionellen Basis vertraut waren, beschreiben ihn zum Beispiel als uninteressiert an der Perestroika Ende der achtziger Jahre.

Bahr hielt weiter an seiner Politik der kleinen Schritte fest; er sah die seismische Veränderung der späten Achtziger nicht – wollte sie vielleicht auch nicht sehen. Seine Treue galt weiter den existierenden Staaten und ihren Eliten, gerade in Europa. In den neunziger Jahren argumentierte Bahr gerne im kleinen Kreis, dass der Balkan »ausbluten« müsse, ein Bekenntnis zum jugoslawischen Rumpfstaat unter Slobodan Milošević und seinen bosnisch-serbischen Schergen.[16] Im frühen 21. Jahrhundert war

---

13 Vgl. Jörg Lau, »*Siedlungsraum« im Osten.* In: *Zeit* vom 14. März 2013.

14 Egon Bahr, *Zu meiner Zeit.* München: Blessing 1996.

15 Willy Brandt, *Bismarck und die Kunst des Möglichen* [1965]. In: Klaus Schönhoven (Hrsg.), »*Im Zweifel für die Freiheit«. Reden*

zur sozialdemokratischen und deutschen Geschichte. Berlin: Dietz 2012; »*Die Kunst des Möglichen«* – Zur Geschichte und Gegenwart der sozialdemokratischen Außenpolitik. Rede von Außenminister Frank-Walter Steinmeier beim Berliner Forum der Historischen Kommission beim SPD-Parteivorstand vom 25. März 2015 (www.auswaertiges-amt.de/de/newsroom/150325-bm-histor-kommission/270382).

16 Interview des Autors mit Marieluise Beck im Juli 2024.

Bahr der Ansicht, jede Kritik an Russland, sei es an seinem Gleiten in den Autoritarismus oder an seinen Kriegen im »nahen Ausland«, sei letztendlich sinnlos.

Nach seiner aktiven Zeit wandelte sich Bahr zum Elder Statesman, der oft im Fernsehen auftrat und mit seinen Büchern versuchte, die öffentliche Debatte zu formen. Vor allem ging es ihm um ein Paneuropa von Lissabon nach Wladiwostok und um nationale Interessen, die nur vermeintlich Schnittmengen aufwiesen. In seinen Büchern, zum Beispiel in *Deutsche Interessen*, erschienen 2000, argumentierte er für eine Emanzipation der Bundesrepublik von den Vereinigten Staaten. Die Nato sei nun obsolet, Russland die Schutzmacht im postsowjetischen Raum. Schon 1998 hatte er verkündet, die europäische Sicherheit könne nicht ohne, geschweige denn gegen Russland gewährleistet werden.[17] Im ebenfalls 1998 veröffentlichten *Der Nationalstaat* scheute sich Bahr nicht, den Staat im Sinne der klassischen Geopolitik als eine Art bodenständigen Organismus zu konstruieren.[18]

Für einen Entspannungspolitiker und Friedensforscher leistete sich Egon Bahr tatsächlich die ein oder andere exzentrische Ansicht. In *Zu meiner Zeit* gab er nicht nur zu, in jungen Jahren vom Großdeutschen Reich geschwärmt zu haben, sondern auch, dass ihm die Kriegsschule Spaß bereitet habe. Er operierte nicht nur mit einem Bismarck'schen Diplomatiestil, sondern auch mit einem impliziten Schmitt'schen Großraumkonzept, das Interventionen von raumfremden Mächten verbietet. Schon in der Tutzinger Rede sprach Bahr von Einflusssphären.

Manche seiner Kritiker beschreiben ein solches Denken als »totalitär«.[19] Das aber trifft den Nagel nicht so recht auf den Kopf. Das Denken in Einflusssphären war sowohl im poststalinistischen Moskau als auch in Washington noch weit verbreitet – also eher imperial als totalitär. Legitimität zog Bahr auch aus der Tatsache, dass sein späterer Freund Kissinger, ein Republikaner im Übrigen, viele seiner Annahmen über die Weltpolitik teilte. Kissinger sah in Bahr einen altmodischen deutschen Nationalisten, der wie Bismarck Außenpolitik immer aus der Mittellage heraus dachte und der tief getroffen war, als ihm die Karriere in der Wehrmacht verwehrt wurde.[20]

Bahr war sich nicht zu schade, sich vor Schulkindern über die Bedeutung von Menschenrechten zu pikieren. Ein Pazifist war er sicherlich nicht. Es ist seine Verbindung zu dem in Deutschland respektierten Staatsmann Kissinger, die Bahr vielleicht davor bewahrt hat, in die geopolitische Schmuddelecke gestellt zu werden. Und es ist ironischerweise genau die Freundschaft zu diesem amerikanischen Rechten, die in der Parteilinken heute zu Bahrs Verteidigung angeführt wird.[21]

17 Egon Bahr, *Deutsche Interessen. Streitschrift zu Macht, Sicherheit und Außenpolitik.* München: Blessing 1998.

18 Egon Bahr, *Der Nationalstaat: Überlebt und unentbehrlich.* Göttingen: Steidl 1998.

19 Sabine Adler, *Die Ukraine und wir. Deutschlands Versagen und die Lehren für die Zukunft.* Berlin: Ch. Links 2022.

20 Henry Kissinger, »*Ein Gefangener seiner eigenen Mission*«. In: *Spiegel* vom 22. Februar 1982.

21 Heidemarie Wieczorek-Zeul / Peter Brandt / Götz Neuneck, *Demontage von Egon Bahr: Warum wir diese emotionale Mobilmachung ablehnen.* In: *Blog der Republik* vom 1. April 2024 (www.blog-der-republik.de/demontage-von-egon-bahr-warum-wir-diese-emotionale-

Es ist unbestreitbar, dass es in Bahrs Denken ein grundlegendes Problem gibt. Ende der 1990er Jahre begann er davor zu warnen, Westeuropa im Allgemeinen und Deutschland im Besonderen seien im Begriff, in den Status eines US-amerikanischen »Protektorats« oder gar einer »Kolonie« abzudriften.[22] Man kann über solche Formulierungen gewiss streiten. Wie Carl Schmitt vor ihm, der die Vereinigten Staaten und Großbritannien als Symptome einer entwurzelten maritimen Macht sah, formulierte Bahr hier nicht etwa übergreifende Imperialismus-, sondern Amerikakritik. Wäre Bahrs Problem der Imperialismus und die Ausübung imperialer Gewalt, wäre sein Blick auf Moskau ein anderer gewesen. Diese Limitierung entsprang der Tatsache, dass Bahr aus der Theorie des Mächtegleichgewichts und der damit einhergehenden tiefen Infragestellung von Universalien heraus argumentierte. Jede Amerikakritik entstammte dieser Geopolitik.

Es gibt gute Argumente dafür, dass Nato-Kritik in Deutschland auch weiterhin Teil der politischen Debatte bleibt. Dafür sind einige der Schlüsselmomente in der neueren Geschichte der Allianz – von der Bombardierung Jugoslawiens bis zum Bukarester Gipfel – zu ambivalent. Was von innen manchmal wie ein bunter Haufen von Trittbrettfahrern und Drückebergern aussieht, ist von außen betrachtet immer noch die mächtigste Allianz der Welt samt »First use«-Doktrin. Und ja, es bleibt kontrafaktisches Denken, darüber zu speku-

lieren, wie sich die europäische Geschichte nach 1945 ohne die Nato entwickelt hätte – oder mit einer Nato, deren östlichste Militärbasen aber weiterhin westlich der ehemaligen innerdeutschen Grenze gelegen hätten. Aber so ganz lässt es sich eben nicht von der Hand weisen, dass die Nato-Osterweiterung, gegen die sich Bahr vom ersten Moment an vehement wehrte, Russland Munition gab, sich – letztendlich aus eigenem Antrieb – außenpolitisch zu radikalisieren. Freie Bündniswahl kling gut. Aber in der Sicherheitspolitik hat alles Konsequenzen, vor allem so lange an allen Ecken und Kanten noch in den geopolitischen Kategorien des 19. Jahrhunderts gedacht wird.

Interessanterweise ist der »weise Mann« Egon Bahr, den Putin gerne in Reden heranzieht, einer, der durchaus legitime Standpunkte vertrat, etwa dass die Sowjetunion sich unter Gorbatschow vertragliche Versprechen zum Thema Nato-Osterweiterung hätte einholen sollen oder dass 1990 die Möglichkeit verpasst wurde, eine europäische Sicherheitsordnung ohne Nato und Warschauer Pakt zu schaffen. Nur basierte diese Position Bahrs auf einem Fehlschluss, nämlich dem, der Geopolitik Zeitlosigkeit zuzusprechen. So musste für Bahr zwangsläufig ein neuer Eiserner Vorhang entstehen. Das übersieht, dass Geopolitik selbst auch eine Form der Ideologie ist, die gelernt und tradiert wird. Und nur wenn dies geschieht, agieren Staaten auch nach ihren Prinzipien. So war es schließlich Bahr selbst, der sie in der Sozialdemokratie überhaupt salonfähig machte und damit einen Brückenkopf schlug zu dem Mann, der Jahrzehnte später Russland in Europas größten bewaffneten Konflikt seit 1945 führen würde.

mobilmachung-ablehnen-ein-gastbeitrag-von-heidemarie-wieczorek-zeul-peter-brandt-goetz-neuneck/).

22 Egon Bahr, *Der deutsche Weg. Selbstverständlich und normal*. München: Blessing Verlag 2003.

Bahrs Unterstützer in der SPD, dem BSW und der AfD haben schon seit Kriegsbeginn mehr oder weniger lautstark für Verhandlungen mit Russland plädiert. Es mag gute Gründe geben, nun in solche einzutreten, auch wenn es sich noch zeigen muss, ob Moskau überhaupt gesprächs- und kompromissbereit ist. Nur sind diese Gründe eher nicht in der Geopolitik Egon Bahrs zu finden. Wo Atlantiker heute oft Politik mit Moral verwechseln, hatte Bahr ein rein taktisches Politikverständnis. Letzteres wird 2025 nicht weiterhelfen. So ist der Status quo im Ukrainekrieg noch zu unklar, um ihn im Bahr'schen Sinn anzuerkennen; kleine Schritte mögen vielleicht mit Status-quo-Mächten funktionieren, aber wohl kaum mit revisionistischen Staaten. Über ein Abhängigkeitsverhältnis von Handel und Wandel lohnt es sich gar nicht erst zu sinnieren.

Jetzt, wo im Gegensatz zum Herbst 2022 eine mögliche nukleare Eskalation zumindest etwas in den Hintergrund gerückt ist, sind es vor allem die hohen Opferzahlen auf beiden Seiten, die den vielleicht naiven Gedanken nahelegen, dass selbst ein brüchiger Frieden diesem Massensterben vorzuziehen ist. Auch hier hilft Bahr nicht weiter, weil diese Toten, ähnlich wie in den Neunzigern die Bosniaken oder in den Achtzigern die polnischen Gewerkschaftler, für das Bahr'sche Staatsinteresse keine Rolle spielen.

Während es in der Ostpolitik des Kalten Krieges immer um das geteilte Deutschland ging, ist Deutschland im Ukrainekrieg viel weniger zentral. Natürlich war Nord Stream ein Teil der Entstehungsgeschichte des Konflikts; selbstverständlich ist Deutschland der größte europäische Waffenlieferant. Aber weder hätte die Lieferung von Taurus-Marschflugkörpern den Krieg für die Ukraine entschieden noch ist Deutschlands wirtschaftliche Zukunft von einer Wiederinbetriebnahme der Gas-Pipeline abhängig.

Eine Tatsache, die Egon Bahr gut verstand, war wie wenig außenpolitisches Gewicht die Bundesrepublik, trotz ihrer 500 000 Bundeswehrsoldaten, während des Kalten Krieges hatte. Letztendlich fanden die großen sicherheitspolitischen Entscheidungen anderswo statt. Das hat auch die Wiedervereinigung nicht grundlegend geändert. Vielleicht liegt in dieser Selbstbescheidung, wohlgemerkt keiner persönlichen, sondern einer politischen, dann letztlich doch eine kleine Lehre seiner Ostpolitik für die Gegenwart.

Arno Frank
Ginsterburg
Roman

432 Seiten, gebunden mit Schutzumschlag
ISBN 978-3-608-96648-0
€ 26,– (D) / € 26,80 (A)

Der große Roman von Arno Frank über Menschlichkeit in unmenschlichen Zeiten

Nach der Machtergreifung ist in Ginsterburg ein neuer Alltag eingekehrt. Manche Einwohner der kleinen Stadt leiden, andere profitieren – und die meisten versuchen, sich mit der neuen Ordnung zu arrangieren. Allmählich aber öffnet sich unter dem Alltag der Abgrund. Ein feinfühliger und atmosphärischer Roman über Liebe, Familie, Freundschaft – und persönliche Verstrickungen in den Jahren 1935 bis 1945.

Klett-Cotta

Wolfgang werden

Von Anke Stelling

Das Gemeine an der Ratlosigkeit ist, dass nicht nur ich sie habe, sondern sie mich auch. Ich weiß nicht, wer diese Wendung erfunden hat, ahne, dass sie sich eher auf eine körperliche Krankheit als aufs Gemüt bezogen hat, damals, beim Erfinder. Gibt es überhaupt Erfinder solcher Wortspiele, kann man die für sich beanspruchen, hat man sie, oder haben sie einen?

Die Ratlosigkeit ist jedenfalls allumfassend. Die Zweifel befallen jeden Satz. Die Worte zerfallen mir im Mund wie modrige Pilze – da weiß ich wenigstens, wer's erfunden oder geschickt patentiert hat, das war der Hugo, das ist kanonisiert.

Ich liege im Bett und singe einfache Phrasen. Die Tonleiter hinauf und herab. Solche Art nächtlicher Töne sind wohltuend, verheddern sich dann aber in den Vorhängen; allein mit sich ist es schier unmöglich, im Kanon zu singen, und wollte ich wirklich das Wort »schier« benutzen? Nein. Ich wollte »glattweg« oder »schlicht« einbauen, das hab' ich jetzt schlechterdings verpasst.

Vielleicht wär' die Ratlosigkeit weniger schlimm, wenn ich nicht auch noch so niedergeschlagen wäre. Weshalb ich versuche, meine Laune zu heben und zur Ü-40-Party ins SO 36 gehe: »Tanzen vor Mitternacht zu alter Musik«. Ich hätte wissen können, dass so etwas über kurz oder lang auf *Major Tom* rausläuft, und ja, der ist nach vier Minuten fünfzig Sekunden theoretisch zu Ende, und man kann sich auch schon währenddessen die Handflächen auf die Ohren pressen und das als Element eines alten Tanzstils ausgeben, rasch aufs Klo gehen und sich dort die Sticker anschauen, aber das hilft alles nicht, weil sich das völlig Losgelöste rappzapp wieder festsetzt, ist es erst einmal angeklungen. Jetzt hab' ich den auch wieder bei mir, wo doch schon Bowies Mama gewarnt hat: *Willst du was hinkriegen, lass dich nicht mit Major Tom ein.*

Niemand hat je auf eine mahnende Mutter gehört, schon gar nicht auf die eigene, der man zeitlebens dabei zuschaut, wie sie trotz aller Warnungen am Ende doch wieder auffängt und wegputzt. Da muss Härteres her, um einen vom Messie- und Messaround-Tum abzuhalten, doch wenn ihr glaubt, ich wüsste, was, habt ihr euch getäuscht. Ich bin, wie gesagt, völlig ratlos.

Ich bin eine, die Nachrufe nicht nur verfasst, sondern meint, die Toten verkörpern zu müssen. Momentan dabei, mich in meinen ehemaligen WG-Buddy Wolfgang zu verwandeln; ich bewohne inzwischen sein Zimmer, das nach vorne rausgeht zu Rewe – als er noch lebte, war's der Kaiser's –, und Wolle stand stundenlang auf dem Balkon, hat geraucht und den Eingang im Auge behalten. Er war Naturwissenschaftler, hat erst zu Kartoffeln, dann zu Algen geforscht. Seine Kinder wohnten in Braunschweig – damals hat mich das noch nicht irritiert –, und weil er so gern draußen stand und das in Mitteleuropa von der kalten Jahreszeit begrenzt wird, ist er schließlich ausgewandert. Auf die Philippinen.

Jeder nach seiner Façon!, dachte ich damals noch – genau wie bei den zurückgelassenen Kindern – *Was geht's mich an?*, weil ich noch nicht wusste, wie schnell man sich verwandelt. Ich mich in Wolfgang. Er sich in einen Leichnam. Kita-Kinder sich in Horden Mittel- und Oberschülerinnen, die um zwanzig nach elf den Rewe ein-

nehmen; ich steh' auf dem Balkon und beobachte sie. Naturwissenschaftlich: Auf zehn schwarze Plusterjacken kommt eine in Hellgrau. Bei den Mädchen hält sich mittig-gescheitelt / offen / lang derzeit mit Sleek Bun ungefähr die Waage. Die Jungs tragen mehrheitlich Basketballstiefel, Jordans 1–4. Aus zuverlässiger, weil selbstbetroffener Quelle weiß ich, dass den großgewordenen Kindern die Benutzung der Self-Scan-Kassen untersagt ist, im Rausgehen beißt jedes in eine hellbraune Tüte, jedenfalls sieht das von oben so aus.

Ich hab' wie Wolle fürchterliche Fluchtreflexe. Die Philippinen reizen mich nicht, vielleicht bin ich doch noch nicht komplett zu ihm geworden: einem Mann, der das ganze Jahr über mit nackten Armen rumstehen will, die Füße in Flipflops und auf Kinder starrend, die kein bisschen mehr an die eigenen erinnern, deren Sprache man auch gar nicht spricht. Ich will mich immer noch dringend unterhalten.

Gottseidank gibt's Dilek.
»Hey!«, sagt sie. »Was gibt's?«
»Dich. Gottseidank.«
»Also Gott auch noch«, kontert sie sophistisch, und ich: »Den will ich hier aber nicht haben. Keine Zwiegespräche mit Gott oder Kühlschränken, keine Kinder als Sidekicks. Ich will wirklich mal was loswerden.«
»Was denn?«
»Tja. Mich?«
Meinen Widerwillen gegen Wolfgang bei gleichzeitigem Drang, mich in ihn zu verwandeln. Was will mir das sagen, was hab' ich davon?

Wäre ich Wolfgang, könnt' ich mir erlauben, eine Zumutung zu sein. Müsste keine

Angst haben, je des Jammerns bezichtigt zu werden – bei Wolfgang wär's ein erstaunliches Sich-Öffnen. Seine Ratlosigkeit ist romantisch, sein Wegdriften ein Flug zu den Sternen.

Als Wolfgang könnte ich einfach verschwinden und müsste meinen Kindern keine Ausbildung bezahlen; das hätt' ich zwar versprochen, aber *Oops!* – bin ich einfach nicht mehr da. War's doch teurer auf den Philippinen als erwartet, *Nach mir die Sintflut!*, ich der Sintflut entgegen, mit allen Sinnen die Sintflut suchend, wer soll's mir vergelten, ich bin dann ja tot. Würde vorher noch alles von mir geben, was ich halt so in mir habe, meine Eltern wären schuld an meinem Elend, auch wenn oder gerade weil ich schon über fünfzig bin. Diese Sorte Schuld würde ich aber wiederum keine Sekunde zu meiner eigenen Elternschaft ins Verhältnis setzen, oder wenn, dann halt als schicksalhaft. *Hilft ja nichts!*, würde ich mir und allen, die mich noch hören und in Liebe zu mir verfangen sind, sagen, *Schreibt mich ab!*, ich halt's genau so.

Was ist so jemand: ein oder im Arsch?

»Interessant«, meint zu dieser Frage meine Therapeutin. »Ich denke, Sie können anhand des Gebrauchs der Präposition feststellen, in welchem Verhältnis Sie selbst sich zur bezeichneten Person befinden. Solang Sie ihr noch verbunden sind, wird sie für Sie wohl eher im Arsch sein. Auf Distanz gegangen: ein Arsch.«

Immer noch kommt Post für ihn an meine Adresse. Die Kiste, die er hier hat stehen lassen, haben Kinder und Ex-Frau letztens abgeholt. Darin: das Naturwissenschaftsdiplom, die Doktorarbeit. Eine Reihe Fotos von ganz früher, als die Kinder noch klein und niedlich waren, ansonsten kein Brief an sie und kein Gruß. Sie kramen in den Überresten, ich serviere Kaffee. Hab' mich mitschuldig gemacht all die Jahre: als des Majors Ground Control.

Der Merkur im Internet: Aktuelle Interventionen und Kommentare, Reaktionen auf Texte in der Druckausgabe, Blicke ins Archiv, Hinweise zu Tagungen und Links zu lesenswerten Artikeln und Essays online, zu finden unter:

www.merkur-zeitschrift.de/blog/

Demnächst:

Julika Griem
Warten, lernen

Timon Beyes
Soziale Farbe (I)

David Kuchenbuch
Rechtspopulismus in Nordeuropa